Inhalt

Kusche und Kindermund
Ein Vorwort

»Ich kannte seine Geschichten; sie waren gut.« So sagt es der Erzähler in der Geschichte »Wie wir unser Bestehen feierten«. Damit ist in diesem Text, der das 80-jährige Bestehen von Lothar Kusche feiern soll, eigentlich schon alles gesagt. Doch von Lothar habe ich gelernt, dass man jede Schreibarbeit mit gewünschter Zeilenzahl, ordentlich und pünktlich, also punktgenau, oder, um es mit einem wichtigen Fremdwort zu sagen, pointiert, zu Ende bringen muss.

Fange ich also an mit unseren Freunden. Die sind schon älter, haben folglich Kinder. Und Kindeskinder. Diese Kindeskinder müssen gelegentlich beaufsichtigt werden, wenn deren Eltern draußen das feindliche Leben verwalten. Dann sind die Großeltern dran und haben vorzulesen, denn sie stammen aus einer überlebten Epoche, als es nur wenige Fernsehprogramme und überhaupt keine Computerspiele gab.

Unsere Freunde lesen also vor. Dies und das und auch mal Geschichten von Kusche. Und genau diese wollen die Kindeskinder immer wieder hören – und lachen schon bei irgendwelchen ersten Zeilen: »Einsteigen bitte, dieser Zug endet hier.« Sie lachen sogar bei Sätzen, die eindeutig in eine ganz finstere Vergangenheit weisen. So, wenn das Pumpgenie Henry nach seiner hübschen Begleitung gefragt wird: »Wo haben Sie sich denn diese flotte Knitte gepumpt?« Sie lachen, wenn Handwerker, zwischendurch zum Kaffee gebeten, bemerken: »Haben Sie gar keinen Kuchen?« Und können mittlerweile einen Teil des Kuscheschen Gesamtwerkes aus dem Kopf aufsagen. Das geht so weit, dass ein fünfzehnjähriger Kenner der Handywelt, der Frauen und des Weltnetzes aufmerkt, wenn seinen grundschulpflichtigen Geschwistern nebenan eine der Kusche-Schnurren erzählt wird. Dann erinnert er sich seiner eigenen, lang zurückliegenden Vergangenheit, eilt herbei, ergänzt textgenau und lässt seine flotte Knitte draußen im Weltnetz vergeblich Smileys versenden.

Also ist dieses Buch nichts für ältere Menschen? Nein! Es sei denn, sie haben Enkel, ein gutes Gedächtnis, einen Sinn für Humor, Freude an kauzigen Schnurren, Spaß an Wortspielen und wollen nicht alles in Welt-Anschauungsfächer quetschen. Denn Lothar Kusche ist inzwischen nicht mehr so dünn, dass er überall hineinpasste. Manche sähen ihn gern allein im Fach der Satire. Das tun vor allem Leute, bei denen jeder pointierte Text gleich als Satire missverstanden wird. Als Lothar vor einigen Jahrzehnten mal einen anerkennend gemeinten Satz über Gartenzwerge und Volksmusikanten drucken ließ, brachte ihm das noch zwanzig Jahre später eine Beleidigungsklage ein.

Jene Bürger, die nur die »Märkischen Reiblinge« aus dem Kuscheschen Gesamt-Vorlesungs-Werk kennen, werden hier auch nicht fündig. Denn diese gedopten Kartoffelpuffer erbrächten sogleich Proteste hochbezahlter Berufs-Vorleser: Wieso drucken sie meine Erfolgsgeschichte in so einem dünnen Buch nach?

Und wer Kalauer als abscheuliches Erbe einer unbedarften, vor nichts zurückschreckenden, lachhaften Epoche empfindet, sollte spätestens an dieser Stelle seine Lektüre der kuscheligen Prosa abbrechen. Denn wenn es um die ganz moderne, soeben gestartete Image-Kampagne für Berlin geht, dann feiert der Berliner Kusche, der eigentlich Neuköllner ist – oder doch

Baumschulenweggefährte? – diese Kampagne sogleich mit einer Flasche Kampagner. Der Schriftsteller Kusche ist nämlich weder Max Frisch noch dessen Gegenteil Ehm Welk; er ist ein wahrer Kampagnero, dem man gerade dann gern zuhört, wenn man seine Geschichten schon lange kennt.

Matthias Biskupek

Suppe kochen

Ich bin tot, und das kam so:

Neulich ging ich in die leere Speisekammer und ärgerte mich, weil sie leer war. Eigentlich war sie gar nicht leer. Es waren drin: sieben alte Flaschen, eine Dose mit Ameisenvertilgungspulver, eine Kuchenform und ein Stückchen Plättbrett. Na, davon konnte man ja nichts essen.

Ging ich zum Schieber und wollte Mehl kaufen. Damit hätte ich mir ja Mehlsuppe kochen können. Ich kann nämlich kochen, aber bloß Mehlsuppe. Doch der Schieber sagte: »Ich hab kein Mehl. Bernhard hat welches.« Ging ich zu Bernhard. Na, was soll ich sagen, das Mehl sah ja etwas komisch aus, aber ich nahm es. Auf die kleine rote Haushaltsbezugsberechtigungssonderausweisabschnittskarte gab es Kürbis. Da dachte ich, machst du dir eine schöne Kürbis-Mehlsuppe. Zucker zum Süßen war ja noch im Schrank in der goldgeränderten Tasse mit der Aufschrift: Herzlichen Glückwunsch dem lieben Silberbräutigam! Es war natürlich kein Zucker, sondern zerriebener Perlleim, aber das merkte ich erst, als das Zeug schon in der Suppe war. Herzlichen Glückwunsch dem lieben Silberbräutigam.

Ich dachte: Über so was muss man hinwegsehen, und dann putzte ich den Kürbis. Der war innen ganz hohl, aber der Händler hatte gesagt, die Rinde wäre auch recht schön. Die war auch recht schön, recht schön hart nämlich. Aber mit dem Fuchsschwanz kriegte man sie schon klein. Die Schnipsel ließ ich dann in die

Mehlsuppe fallen. Na, die fielen erst gar nicht rein, die klebten gleich an der Oberfläche der Suppe fest. Umrühren musst du! schoss es mir durch den Kopf. Der Löffel war aber weg. Schließlich fand ich ihn, er steckte in der Dose mit Ameisenvertilgungspulver. Inzwischen war meine Suppe übergekocht. Schnell rannte ich hin und drehte das Gas ab. Beim ersten Umrührversuch brach der Löffel ab. Dann nahm ich beide Hände und wollte mit dem Rest umrühren, der von dem blöden Löffel noch da war. Na, da klebte ich natürlich sofort an der Suppe fest. Der Topf klebte auch fest, nämlich am Herd, seit die Suppe übergekocht war.

Nun stand ich schön dumm da: Vielleicht war das Mehl von Bernhard auch Leim, dachte ich. Ach, wenn es man nur Leim gewesen wäre. Es war aber Zement. So waren meine Hände an die Suppe gemauert, die Suppe an den Topf gemauert, der Topf war an den Herd gemauert, na, und der Herd war an dem Haus fest dran.

Wie soll man da loskommen? Erst fiel mir ein: Vielleicht können sie dich lossprengen, aber da dachte ich an den ollen Zoo-Bunker, bei dem sie das auch nicht geschafft hatten.

Na, und so bin ich eben verhungert.

1948

Wie nennt man ein Kabarettprogramm?

Ungeschriebenen Gesetzen zufolge sind die meisten Titel von Kabarettprogrammen wortspielerische Abwandlungen irgendwelcher bekannter Redensarten oder irgendwelcher Filmtitel oder Überschriften von Theaterstücken. Kein Mensch weiß warum, es ist aber so. Die Kabarettleute sind sehr stolz, wenn sie so etwas ausgeknobelt haben wie: »Wer A sagt, muss auch Brettl sagen« oder »O wie hohl ist mir am Abend« oder »Verdampft in alle Ewigkeit« oder »Da liegt der Schund begraben« oder »Geschwader Rebenlaus« oder »Meine Frau macht Physik« oder sonstwie.

Der Titel soll möglichst lustig sein und möglichst aktuell klingen, ohne dass er jedoch zu irgendeinem bestimmten Programminhalt verpflichtet; er soll vielversprechend sein, doch in einer Weise, die ihn nicht zwingt, irgendetwas zu halten. Tatsächlich ist es mit Kopfzerbrechen verbunden, so einen Titel auszutüfteln, und meistens werden eine Menge Zeit und eine Menge Nerven gebraucht, bevor auf dem Plakat stehen kann: »Freitag Premiere des neuen Kabarettprogramms ›Eine Salbe macht noch keinen Sommer‹.« Natürlich versteht kein Mensch diesen Titel, aber seinem Erfinder kommt er doch bemerkenswert lustig vor.

Ich war selbst mal beim Kabarett engagiert, wenn ich auch inzwischen wegen meiner chronischen Einfallslosigkeit wieder hinausgeworfen worden bin. Herrschaften, diese Titel machen Arbeit. Das ist wie Holzhacken.

Eines Tages hatte der Direktor eine Idee, das nächste Programm müsse eine Rahmenhandlung haben (diese Idee hatte er sehr oft, er schwärmte geradezu für Rahmenhandlungen). Und zwar sollten sich alle Szenen innerhalb eines Hotels abspielen, innerhalb eines Hotels, das allen unmöglichen und möglichen Typen, wie sie das Kabarett seit eh und je zu kritisieren pflegt, Unterschlupf gewährt. Eine Art Absteige für dunkle Existenzen aller Art.

»Nun«, sagte der Direktor zum Regisseur und zu mir, »müssen wir uns einen passenden Namen für das Hotel ausdenken. Ich schlage vor, wir treffen uns in drei Tagen wieder, und bis dahin überlegt sich jeder ein paar hübsche Namen. Dann haben wir gleich den Programmtitel ...«

Da kann mir ja nichts passieren, dachte ich naiv, in drei Tagen werde ich wundervolle Titel ausdenken, einen immer schöner als den anderen.

Über diese drei Tage möchte ich den Mantel des Schweigens breiten. Sie waren fürchterlich, ich wälzte mich schlaflos herum; tags und nachts fielen sinnlose Wortspiele wie Alpdrücken über mich her.

Am dritten Tag versammelten wir uns wieder, wie verabredet. »Nu legt mal los«, sagte der Direktor, »fang an, Dicker.«

»Ja, ich weiß nicht recht«, stammelte ich, »vielleicht ... Hotel zum Mann im Mond? Oder: Hotel zu den drei Mondkälbern?«

Die anderen beiden verzogen keine Miene. »Na, dann werde ich mal meine Vorschläge vorlesen«, sagte der Regisseur, »ihr könnt ja was Geeignetes aussuchen: Pachulkes Grand-Hotel (Fließend kalte und warme Brüder) – Hotel zur Schandpromenade – Zur höchsten Eisenbahn – Haus Alle Wetter – Verdammichs Kurhotel – Schlawiners Ruh – Stänkersberger Hof – Haus Sesam bleibt zu – Zum Arsch der Welt – Logierhaus Fauler Kopp – Zum unsicheren Kantonisten ...«

Der Regisseur holte Luft, der Direktor blickte teilnahmslos vor sich hin, ohne ein Wort zu sagen. Da holte ich mit dem Mut der Verzweiflung meinen Zettel aus der Tasche und verlas folgende Vorschläge: »Zur Trüben Aussicht – Zum Dicken Hund – Zum Zahn der Zeit – Hotel perdu – Gasthaus am Verschieberbahnhof – Speckjägers Hof …«

Der Direktor hatte keine Miene verzogen. Er schaute einer Fliege zu, die auf dem Aschenbecher saß und sich putzte. Der Regisseur blätterte in seiner Mappe und sagte: »Hier habe ich noch ’n paar andere Vorschläge: Haus Silberblick – Zum Kanaillenvogel – Zur Rostkutsche …«

»Oder«, unterbrach ich ihn, »man könnte auch sagen: Dickelufts Logierhaus – Zum steifen Hecht – Wirtshaus Kuckucksei – Pension Mauseloch – Zum Schmiss – Hotel Graf Koks – Zwielichters Restaurant – Pension Nieselpriem …«

Der Direktor versuchte in aller Seelenruhe die Fliege zu fangen. Der Regisseur wischte sich den Schweiß von der Stirn und stammelte: »Das letzte Haus am Platze! Fließend warmes Bier! Altweibersommergarten geöffnet! Ausschank zum Weinen in dem bekannten Unratskeller! Frisiersalon und Puff im Hause! Saal für Unpässlichkeiten, Pilsener Barbier stets am Lager, jeden Karfreitag Schlachtfest von eigenen Katzen, solide Überpreise!«

Dann brach er zusammen. Der Direktor sah erstaunt auf. »Der hat wohl wieder einen Kater, was?«, fragte er und half mir, den Regisseur aufs Sofa legen. Dann setzten wir uns wieder und schwiegen.

»Ja, ja«, sagte der Direktor nach endlos erscheinenden Minuten, »überlegt euch mal noch ’n paar Titel.« Damit stand er auf und verabschiedete sich. »Na, Kopf hoch, Leute«, sagte er an der Tür, »wir werden schon noch irgendwas Nettes finden.«

Wir fanden den Titel. Er lautete: »Alle Jahre Flieder«. Das hatte zwar nichts mit dem Programm zu tun und auch nichts mit der Rahmenhandlung. Aber ich sagte ja schon: Das ist gar nicht nötig.

1954

Alter Mann – was nun?
Oder: Was Hemingway sagen wollte

Ernest Hemingways Erzählung »Der alte Mann und das Meer« (1952) ist nicht nur zum Lesen, sondern auch zum Interpretieren sehr gut geeignet. Ein alter kubanischer Fischer, seit vierundachtzig Tagen ohne Beute, fängt einen Fisch, so groß, wie er noch nie vorher einen Fisch gesehen hat. Der alte Mann, allein in seinem Boot, besteht einen langen harten Kampf, zuerst mit dem großen Fisch und später, als er diesen getötet und mühsam an seinem Boot festgebunden hat, mit den Haien. Der alte Mann kämpft, so lange er kämpfen kann. Er unterliegt. Die Haie fressen seinen großen Fisch auf bis auf die Gräten.

Es gibt viele Auslegungen und viele Ausleger. Der Berufs-Analytiker starrt die Geschichte so lange an, bis sie, jedenfalls in seinen Augen, durchsichtig, zu deutsch: transparent wird. Alsdann gilt's, dem Dichter und seinen Lesern beizubringen, welchen Sinn die Geschichte eigentlich hat, denn das, was »damit gesagt werden sollte«, steht in den meisten Geschichten gar nicht oder nur in verklausulierter Form drin.

Also was wollte Hemingway uns »mit seiner Erzählung sagen«?

1 Der kämpferische Mensch ist großartig: Er bietet den Haien die Stirn, auch nachdem sein Messer kaputt gegangen ist. Der kämpferische Mensch ist immer überlegen.

2 Die Haie sind den Menschen überlegen, besonders den alten Männern. Diese retten vor den Haifischen höchstens mal ein nutzloses Skelett. Kampf um des Kampfes willen.

3 In der Person des alten Mannes symbolisiert Hemingway den kleinen Unternehmer, dem von den großen Konzernen alles weggefressen wird.

4 Nicht in dem alten Mann, sondern in dem am Boot festgebundenen Schwertfisch, den die Haie fressen, erblicken wir deutlich den kleinen Unternehmer. Natürlich sind die Haie die Konzerne, das versteht sich. Aber der alte Mann hat keinen Symbolwert und ist in der Geschichte (oder Story, wie Hemingway solche Texte nannte) eigentlich überflüssig.

5 Die vorliegende Novelle idealisiert den wahren Individualismus: Der alte Mann, einer der ganz großen Einsamen, die ausziehen, um die Welt zu erobern (wie einst der bekannte Napoleon oder der weniger bekannte Erfinder der Erbswurst) – in diesem Falle einen Fisch. Selbstverständlich ist in des alten Mannes Boot kein Platz für ein Radio, weil ein Individualist kein Radio braucht. Zumindest nicht beim Rudern!

6 Die Erzählung kritisiert in scharfer Weise den Individualismus, denn sie zeigt uns deutlich, dass der moderne Ozean nur von einer kollektiven Fischwirtschaft genutzt werden kann und nicht von irgendwelchen einzelnen und noch dazu alten Männern.

7 Das Dichterherz des Verfassers schlägt impulsiv für die Fische, diese zeitlosen Ur-Kreaturen, welchen weder der alte Mann noch der Mensch überhaupt und als solcher vergleichbar ist. Dessen Geschick ist von unbekannten Mächten im Voraus bestimmt, zu denen gewöhnliche Leute niemals Zugang haben. Das ganze Kämpfen ist Quatsch, denn am Ende bleiben doch bloß ein paar Gräten übrig.

8 Die Erzählung vom alten Mann auf dem Meer leitet eine neue Epoche im Schaffen des E. Hemingway ein. Der Autor bringt nämlich erstmals zum Ausdruck, dass man auch Wasser trinken kann. Diese Möglichkeit hatte E. H. in keinem seiner bisherigen Texte erwähnt.

9 Die wundervolle Meerwasser-Novelle ist ein Loblied auf das Bier! Die Raffinesse des Verfassers: Er lässt seinen Helden nur ein einziges Glas Bier trinken und dann in die fast endlose Wasserwüste hinausgondeln, welch ein Kontrast! Die Geschichte könnte auch heißen »Der alte Mann und der Durst«.

10 Hemingway wollte damit sagen, dass sich das Meer womöglich rächt, wenn man ihm Fische entnimmt, um sie zu essen oder einzusalzen, sowie, dass man gut tut, zum Fischen immer ein bisschen Salz, eine oder zwei Zitronen und irgendwas mitzunehmen, mit dem Haifische rasch getötet werden können.

11 Mit seiner Geschichte wollte Hemingway die Weltöffentlichkeit nachdrücklich darauf hinweisen, um wie vieles besser es den alten Männern in der DDR ging als denen im damaligen Kuba.

1956

Arbeitet ein Schriftsteller?

Es ist seltsam: Die Umwelt lässt sich ganz leicht davon überzeugen, dass man eine Arbeit verrichtet, wenn man nur jeden Tag zu einer bestimmten Stunde an einen bestimmten Ort geht beziehungsweise von dort weggeht. Vor ein paar Jahren war ich in einer Redaktion angestellt; dort pflegten mein Freund Curt und ich den halben Tag mit Witzeerzählen totzuschlagen. Alle Leute, Tante Paula eingeschlossen, sagten damals von uns, wir seien tüchtige und fleißige Menschen. Auch Tante Paula war dieser Meinung.

»Hör mal, Junge«, sagte Tante Paula per Telefon zu mir, »morgen könntest du mir die Gardinen abnehmen helfen. Übermorgen kommen die Maler.«

»Das ist aber schlecht, Tante«, sagte ich, »morgen habe ich keine Zeit.«

»Na ja, das hätte ich mir beinahe denken können. Wenn ich dich schon um etwas bitte, hast du natürlich keine Zeit. Bloß komisch, dass du für alle andern Zeit hast. Was ist denn überhaupt morgen los, warum kannst du da nicht zu mir kommen und die Gardinen abnehmen, das dauert doch bloß fünf Minuten. Musst du weg?«

»Nein, Tante«, sagte ich, »ich muss arbeiten.«

»Also du musst weg?«, fragte Tante Paula. »Wo musst du denn hin?«

»Ich muss nirgendwo hin. Ich muss arbeiten, ich muss dringend etwas schreiben.«

»Na höre mal, mein Junge«, sagte die Tante, »wenn du den

ganzen Tag zu Hause bist, kannst du doch wohl auf einen Sprung zu mir herumkommen und die Gardine abnehmen.«

»Es tut mir leid, Tante, aber morgen kann ich es nicht, gerade morgen geht es nicht; glaub mir doch.«

»Ich möchte bloß wissen«, sagte die Tante, »warum um alles in der Welt du nicht kannst, warum, verstehst du?! Ich würde einen schönen Kaffee machen, und dann …«

»Versteh mich doch, Tante«, sagte ich, »morgen geht's nun mal nicht, weil ich etwas zu Ende schreiben muss, das übermorgen fertig sein soll. Außerdem trinke ich gar keinen Kaffee mehr, weil er mir nicht bekommt.«

Nun wurde Tante Paula ärgerlich. »Einen Tag im Jahr könntest du wohl für deine alte Tante Zeit haben. Früher ist dir mein Kaffee immer auffallend gut bekommen, da kamst du auch öfter. Aber jetzt ist es dir ja egal, ob mir die Maler die Gardinen einsauen oder nicht. Ich sollte mal deine Frau sein, dann würdest du schon kommen und mir die Gardinen abnehmen.«

»Wenn du meine Frau wärst, Tante«, sagte ich, »brauchte ich ja nicht extra zu dir kommen. Dann würden wir doch in einer Wohnung wohnen.«

»Na, das möchte ich sehen, was deine Frau sagen würde, wenn ich bei euch wohnen wollte.«

»Aber Tante, du wärst doch dann meine Frau.«

»Das könnte dir so passen«, sagte die Tante.

»Durchaus nicht«, erlaubte ich mir zu bemerken.

»Also, was ist nun? Kommst du morgen oder nicht, hm?«

»Nein, Tante. Bitte doch Franz, dass er dir die Gardinen abnimmt.«

»Was du immer für einen Unsinn redest«, rügte die Tante, »du weißt genau, dass Franz erst spät abends von der Arbeit kommt.«

»Und ich muss bis in die Nacht hinein arbeiten, Tante!«

»Das kennen wir! Du bist doch zu Hause, nicht wahr! Wenn Franz sich das leisten könnte, den ganzen Tag zu Hause rumzusitzen – der würde sich bestimmt nicht bitten lassen wegen der Gardinen. Wo das nur zwei Minuten dauert. Aber Franz muss ja sein Geld schwer verdienen!«

Nun wurde mir warm ums Herz. »Ich muss mein Geld genauso verdienen wie Franz«, sagte ich, »und ich verlange, dass du das anerkennst. Statt ein bisschen Verständnis für meine Lage zu haben …«

»Verständnis? Hast du denn Verständnis für meine Gardinen? Ich bin ja bloß eine alte Tante, die dir schnurzpiepe ist. Für all diese Leute, diese Redakteure und Schriftsteller und Lektoren, die immer bei dir rumsitzen und Zigaretten rauchen, ist dir deine Zeit nicht zu schade. Na, das kennt man ja. Du wirst dich noch mal wundern, wenn ich erst tot bin. Es wird ja hoffentlich nicht mehr lange dauern.«

»Aber Tantchen«, versuchte ich sie zu beschwichtigen, »wie kannst du denn so was sagen! Du musst doch einsehen, dass ich meine Zeit genauso zum Arbeiten brauche wie jeder andere, auch wenn ich meistens zu Hause bin. Du darfst mir doch nicht die Zeit stehlen.«

»Unerhört!!«, fauchte die Tante. »Ich und stehlen!!! Du hast doch mehr Zeit als wir alle zusammen!!«

»Was??«, schrie ich in die Telefonmuschel.

»Na ja, sonst könntest du doch nicht so lange mit mir telefonieren.«

1962

Minuten-Märchen

Es war einmal ein richtiger alter Deutscher, der hatte, obwohl richtige alte Deutsche niemals Fehler machen, einen Fehler gemacht. Und nun, liebe Kinder, will ich euch erzählen, was er machte, nachdem er den Fehler gemacht hatte:

Er gab den Fehler zu.

1962

Silvester will vorbereitet sein

Da jedermann an die Silvesterfeier gewisse Ansprüche stellt, ist es doch lächerlich, wenn man einfach hingeht und Silvester feiert, ohne das gründlich vorbereitet zu haben. Um nur ein Beispiel zu nennen: Felix pflegt sich, wie uns die Erfahrung lehrte, nach dem elften oder zwölften Glas Kognak auf die Toilette zurückzuziehen; er riegelt dann von innen fest ab und legt sich bis zum nächsten Morgen vor der Badewanne zur Ruhe nieder. Auf solche persönlichen Eigenheiten muss man Rücksicht nehmen; einmal ist es nötig, ein paar Decken und Kissen ins Bad zu legen, denn Felix hat wie jedermann das Recht auf Behaglichkeit, und zum anderen muss man für die übrigen Teilnehmer an der Feier eine weitere möglichst in der Nähe gelegene Toilette ausfindig und den Weg zu ihr durch Hinweisschilder kenntlich machen, damit im Fall eines Falles niemand erst bis zum nächsten Bahnhof zu laufen braucht.

Willi hat die Gewohnheit, gegen drei das Lied »Als wir in Santa Fe einst waren« zum Vortrag zu bringen, wobei er sich auf der Gitarre begleitet; die Kameradschaft gebietet es den Anwesenden, den Refrain stürmisch mitzusingen. Also müssen Neulinge, die noch nicht mit Willi zusammen gefeiert haben und noch nie in Santa Fe einst waren, vorher den Refrain lernen.

Von diesen und ähnlichen Überlegungen gingen wir aus, als wir unsere letzte Silvesterfeier vorbereiteten. Wir hatten eine ganze Menge Arbeit, denn eine solche Vorbereitung besteht ja aus einem theoretischen, ich möchte sagen: ideologischen Teil, und aus einem praktischen.

Eine größere Diskussion entstand über die Frage, ob es angebracht sei, die Feier in einer Privatwohnung zu veranstalten oder anderswo. Alle Anwesenden sprachen sich für die Privatwohnung aus, ihre eigene natürlich ausgenommen. »Ich würde gern meine Wohnung zur Verfügung stellen«, sagte Emil, »aber ihr wisst ja selbst, wie es mit unserer Katze ist. Ein Fremder braucht nur über die Schwelle zu treten, und schon hat sie ihn angefallen.«

»Ich wusste bis heute überhaupt nicht, dass ihr eine Katze habt«, meinte Felix, »aber es mag ja sein. Am liebsten würde ich sagen: kommt alle zu mir, Jungens. Aber mit meinem Ofen – das ist einfach nicht zu machen.«

»Der heizt wohl nicht?«

»Sicher heizt er. Aber wenn getanzt wird, und wenn's nur zwei Paare sind, dann stürzt er ein.«

»Wie oft ist er denn schon eingestürzt?«, fragte jemand.

»Dreimal«, sagte Felix, ohne mit der Wimper zu zucken. Um diese unerfreuliche Debatte zu beenden, bot ich meine Wohnung an. »Es ist ein bisschen eng«, sagte ich, »aber ich werde das eine Bett auseinandernehmen, und aus dem anderen mache ich mit Kissen und Decken eine gemütliche Rekel-Ecke.«

Emil erhob sofort Protest: »Wir wollen doch fröhlich sein und tanzen«, sagte er, »wozu müssen wir uns denn rekeln?«

»Wir müssen uns ja nicht rekeln«, antwortete ich, »aber warum soll man denn nicht zwischendurch mal auf der Couch sitzen?« Doch der gute Emil befürchtete, dass es nicht beim Sitzen bliebe; und alles Weitere sei eben unsitzlich und somit unsittlich. »Du willst gar keine Couch aus deinem Bett machen«, sagte er, »sondern einen Pfühl, und ich weiß sogar für wen, nämlich für dich und für meine Frau! Du wirst doch nicht etwa annehmen, dass ich damit einverstanden bin!!«

»Das ist ja die Höhe«, rief Felix, »ich kenne doch deine Frau gar nicht!!«

»So«, bellte er wütend, »warum hast du denn mit ihr telefoniert, wenn du sie überhaupt nicht kennst?«

»Ich habe nicht mit ihr telefoniert! Wie kommst du denn darauf?«

Emil holte tief Atem und verkündete: »Sie hat mir gesagt, ich soll dich anrufen. Woher wüsste sie das denn, wenn du nicht *sie* angerufen hättest?! Oder warst du etwa bei ihr?? Schleichst wohl den ganzen Tag um unser Haus herum, um ausfindig zu machen, wann ich mal fortgehe, was?? Heraus mit der Sprache jetzt, mein Teuerster! Warst du bei ihr oder nicht!??«

Da wurde es Felix zu bunt. »Jetzt halte aber mal die Luft an, Emil«, sagte ich.

»Allerdings habe ich deiner Frau per Telefon gesagt, dass ich deinen Anruf erwarte. Aber bei ihr war ich nicht – sonst hätte mich doch deine Katze angefallen, nicht wahr?«

»Welche Katze?«, fragte Emil, »… ach so, die Katze. Richtig. Also gut, ich will noch mal gute Miene zum bösen Spiel machen.« Er knurrte grimmig.

»Nun wollen wir aber mit dem Gerede aufhören, Kinder«, schlug ich vor, »schließlich ist morgen Silvester. Wir fahren am besten jetzt mal alle gleich zu mir und richten den Laden ein.«

Gesagt, getan. Es war schon am späten Abend des 30. Dezember, als wir eintrafen und sogleich, trotz Emils Knurren, das eine Bett auf den Dachboden transportierten und das andere in einen, wie er sagte, »Sündenpfühl der Bourgeoisie« verwandelten. Den Rest der Nacht verbrachten wir damit, das Bücherspind auszuräumen und daraus eine improvisierte Hausbar zu machen, die Teppiche aufzurollen, aus dem Schallplattenschrank die Platten mit Tanzmusik herauszusuchen und teilweise zu zerbrechen, im Keller Altpapier zu suchen und daraus in der Küche Konfetti herzustellen. Als der Morgen graute, hatten wir etwa anderthalb Zentner Konfetti produziert und stärkten uns mit einem reichlichen Frühstück, wobei all der gute Kaffee draufging, den ich mir für den Neujahrsmorgen gekauft hatte. Im Anschluss daran teilten wir uns in zwei Brigaden, welche die verschiedenen Einkäufe zu machen hatten. Gegen Mittag kamen wir, reich mit Flaschen, Bockwürsten, Papierschlangen, Brötchen, Aufschnitt und Mayonnaise beladen, wieder zusammen. Nun wurde in der Küche das kalte Büfett vorbereitet. Es war, gelinde gesagt, die größte Schweinerei, welche diese Küche jemals erlebt hat. Nachdem wir sämtliche Brötchen belegt und sämtliche Kartoffeln zu Salat verarbeitet hatten, gab es in der ganzen Wohnung keinen einzigen sauberen Teller mehr und keinen einzigen sauberen Löffel.

»Das macht nichts«, sagte ich, »was meint ihr, wie sich die Damen freuen, wenn sie sehen, dass wir ihnen die Hausfrauenpflichten abgenommen haben! Bloß abwaschen müssen wir noch.« Wir taten es in der Art und Weise, in der harte Männer mit widerspenstigem Geschirr verkehren: was sich nicht freiwillig abwaschen ließ, wurde zertrümmert und fand den Weg in den Mülleimer.

Als solchermaßen der Anschein einer häuslichen Ordnung, wenn auch nur für den flüchtigen Beobachter, wiederhergestellt war, gingen wir in die Stube und fertigten aus Karton und mit Ölkreide Wandbilder.

Felix und Willi fanden diese Wandbilder ausgesprochen amüsant; Emil meinte, sie wären unanständig, und mir kamen sie ziemlich langweilig vor.

Als alles fertig war, nahmen wir einen Probeschluck – um bei der Ankunft der Damen schon ein wenig in Stimmung zu sein. Wie üblich verspäteten sich die Damen, was uns zu weiteren Probeschlucken Gelegenheit gab. Durst, wenn ihm stattgegeben wird, kann ermüden.

Als uns die Frauen endlich wach kriegten, nachdem sie die Tür von einem Schlosser hatten öffnen lassen, schien die freundliche Sonne des Neujahrsmorgens auf den Sündenpfühl der Bourgeoisie, den ich brüderlich mit Emil teilte. Willi hatte sich in einen Teppich gerollt. Und Felix, stilvoll wie immer, schnarchte an seinem Lieblingsplätzchen vor der Badewanne.

Aber das machte nichts, denn wir hatten auch dort alles gut vorbereitet.

1962

Wie wir unser Bestehen feierten

Ich hätte gar nicht bemerkt, dass unsere Firma schon seit zehn Jahren bestand, wenn sie mich nicht eines schönen Tages zur Feier eben dieses zehnjährigen Bestehens eingeladen hätten. Es gibt immer Leute, die auf solche Jubiläen achten und auch keinen Geburtstag vergessen können. Die Vorstellung, nichts vergessen zu können, ist für mich schrecklich; aber wahrscheinlich geht es anderen Leuten genau umgekehrt, und sie fürchten nichts so sehr, als irgendeine Sache zu übersehen.

Die Feierlichkeiten sollten in den Räumen der Firma stattfinden, damit man das Geld sparen konnte, das die Saalmiete gekostet hätte, und wir waren auch alle der Meinung, dass es in den altgewohnten Räumen viel gemütlicher sein müsste als in irgendwelchen vornehmen Klubs oder Restaurants. Die Feier sollte am Sonnabend um dreizehn Uhr mittags beginnen, was meiner Frau etwas zu früh vorkam. Aber Walter, mit dem ich dieserhalb telefonierte, meinte, man könne dem Pförtner nicht zumuten, am Tage unseres zehnjährigen Bestehens in seinem Verschlag zu sitzen, und deshalb wolle man das Hauptportal gegen vierzehn Uhr mittags zusperren, und danach würde es schwierig für jedermann sein, überhaupt noch in das Gebäude der Firma hineinzukommen. Die Bezeichnung »Hauptportal« ist für den betriebsfremden Leser womöglich irreführend; so nennen wir den Eingang, den wir immer benutzen, was wir schon aus dem nahe liegenden Grunde tun, dass gar kein anderer Eingang da ist.

Es war ungefähr um halb drei Uhr nachmittags, als ich mit meiner Frau an diesem Hauptportal ankam. Sie hatte sogenannte feine Garderobe angelegt, und sogar ich trug ein recht weißes Hemd mit einem unbequemen Kragen, denn ich weiß, was ich unserer Firma und ihrem zehnjährigen Bestehen schuldig bin. Das Hauptportal war übrigens nicht zugesperrt, sondern weit geöffnet, und gleich dahinter im Hausflur standen einige Kollegen um ein Fass Bier, das mit einer Flasche Kohlensäure verbunden war. Unser alter Pförtner betätigte sich als Zapfer, so gut er konnte; er konnte es aber nicht sehr gut. Es gelang ihm viel leichter, Kohlensäure in die Gläser zu befördern als Bier, was daran lag, dass man vergessen hatte, etwas Eis auf das Bierfass zu legen. Ich fragte meine Frau, ob sie Lust hätte, etwas warmes Bier zu trinken, aber sie hatte keine Lust, und so gaben wir einigen Leuten die Hand und lächelten und blickten etwas verlegen umher, ob nicht jemand da wäre, den wir intimer kannten und mit dem wir uns ungezwungener unterhalten könnten. Der alte Pförtner war offenbar etwas gekränkt, weil wir nichts von dem Bier genommen hatten, und er sagte: »Hier sind auch Spritzkuchen, wenn Sie die wollen.« Neben dem Bierfass war nämlich auf einem Tisch eine ungeheure Menge von Spritzkuchen aufgebaut. Ich sagte ihm, dass wir erst etwas später essen wollten, und bot ihm eine Zigarette an, die zwar nicht gut war, aber teuer, und dann gingen wir in den Speisesaal, um uns dort ein wenig umzusehen.

Im Korridor, der zum Speisesaal führt, war aus einigen Büromöbeln eine Bar improvisiert, hinter welcher der Oberbuchhalter Schnaps ausschenkte. Davor standen einige Kollegen und unterhielten sich über Fragen der Berliner Architektur, über den Neuaufbau des Stadtzentrums und darüber, ob es neue Bars geben würde. Der Direktor begrüßte uns. Er vertrat die Ansicht, das

Wichtigste in Bars seien die Bardamen, aber seine Frau meinte, von Bardamen könne man wohl nicht sprechen, es handle sich bestenfalls um Barfrauen oder Barfräuleins. Wir machten einige Witze über unsern Oberbuchhalter als Barfräulein, die er aber nicht übel nahm. Er selber trank übrigens nichts von dem Schnaps, ganz im Gegensatz zum stellvertretenden Leiter des Fuhrparks, der an der Theke des Oberbuchhalters direkt festgewachsen zu sein schien.

Als wir in den Speisesaal gingen, kamen uns zwei Frauen aus der Expedition entgegen, die sich gegenseitig stützten. Eine von ihnen sah uns mit sehr großen Augen an und sagte zu meiner Frau: »Mann, bin ich blau.« Dann verschwanden sie in der Toilette. Im Speisesaal gab es Musik vom Plattenspieler. Einige Paare tanzten. An den Tischen saßen ältere Betriebsangehörige mit ihren Frauen und tranken Kaffee oder Wein. Die ganze Längswand war mit Pappe verkleidet, und einige Kollegen mit Talent zum Zeichnen hatten Karikaturen darauf gepinselt, von denen manche sehr lustig anzusehen waren. Wir beglückwünschten unseren Freund Thomas, der diese Dekorationen arrangiert hatte. In diesem Moment kam Spiegel auf uns zu, der Lagerverwalter.

»Na hört mal«, sagte Spiegel, »ihr steht hier rum, als wärt ihr in einem Museum. Das ist aber nicht der Sinn des Tages. Heute wird gefeiert. Hier hat keiner rumzustehen ohne ein Glas Bier in der Hand, und zwar ein volles, denn Spiegel hat vorgesorgt. Geht mal rauf, es ist in allen Etagen was los, und 'nen kleinen Imbiss könnt ihr auch oben kriegen.«

Wir gingen hinauf, um Spiegel nicht zu kränken. Die einzelnen Büros waren von lachenden Leuten bevölkert, die fast alle gleichzeitig sehr laut redeten. Auch Spiegels Büro war aufgeräumt worden. Und auf seinem Schreibtisch lag nicht die kleinste Aktennotiz. Ich hatte bis zu meinem Ausscheiden vor einem Jahr insgesamt neun Jahre in der Firma gearbeitet, aber es war mir niemals in den Sinn gekommen, dass Spiegel überhaupt imstande sein könnte, seinen Schreibtisch aufzuräumen. Ich sagte es meiner Frau, die Spiegel daraufhin ein Kompliment machte.

»Was blieb mir anders übrig«, sagte Spiegel, »wir brauchten doch den Platz für die Gläser und einen kleinen Imbiss.« Tatsächlich waren, so weit ich sehen konnte, alle Schreibtische mit Gläsern und vor allem mit gehacktem Fleisch und mit Wurst bedeckt. Das gehackte Fleisch war auf Suppentellern zu Bergen aufgehäuft, höher als ein britischer Schutzmannshelm. Auf anderen Tellern lagen daumenlange Stücke von Jagd- und Fleischwürsten. Diese Berge waren allerdings etwas niedriger, denn wenn Spiegel sie so hoch gebaut hätte wie die Hackfleischberge, so wären sie unweigerlich zusammengebrochen.

Meine Frau sagte: »Solche Fleisch- und Wurstmengen habe ich noch nie auf einem Haufen gesehen.«

Spiegel entgegnete: »Da müssten Sie mal die Schlachthöfe von Chicago sehen, die haben da noch mehr von solchem Zeug.«

»In Chicago vielleicht«, sagte meine Frau, »aber das ist wahrscheinlich auch der einzige Ort auf der Welt, an dem mehr Fleisch und Wurst gelagert wird als hier.«

Ich kostete von der Jagdwurst, die fett und salzig war. Spiegel lächelte befriedigt und sagte: »Wenn du die Wurscht so trocken nicht runterkriegst, dann nimm dir 'ne Schrippe dazu.« Die Schrippen hingen in einem Netz an der Türklinke. Das Waschbecken war mit Weißweinflaschen gefüllt, über die kaltes Wasser hinweg lief, und unter dem Waschbecken standen etwa zwanzig Flaschen Rotwein und ungefähr zehn Flaschen Dessertwein. In den Sesseln streckten sich einige meiner früheren Kollegen und tranken Wein. Manche aßen auch von der Wurst, was ihren Durst steigerte, obwohl sie nur wenig aßen.

Meine Frau fragte mich, ob wir nicht in einen Raum gehen könnten, in dem etwas weniger Fleisch und Wurst sei, und so gingen wir nach nebenan. Von dort hatten wir schon vorher das dröhnende Lachen von Erwin gehört, der mit mir gemeinsam aus dem Betrieb ausgeschieden war und gleich mir aus alter Anhänglichkeit zur heutigen Feier eingeladen worden war. Erwin, den jeder von uns nur Onkel Erwin zu nennen pflegte, erzählte gerade von seinen Erinnerungen an die Zeit, in der er Repetitor und zweiter Kapellmeister bei einem Wandertheater gewesen war. Ich kannte seine Geschichten; sie waren gut. Wir blieben da, schon weil meine Frau Onkel Erwins gute Geschichten nicht kannte, und er berichtete von dem Tag, an dem er mitsamt dem Dirigentenpult zusammengebrochen war, und welche Popularität ihm dies bei sehr vielen Leuten eingebracht hatte. Von jenem Tage an hatte man nämlich in einer ganzen Reihe von Ortschaften Engagements des Wandertheaters davon abhängig gemacht, dass der Kapellmeister dirigieren müsse, der mitsamt dem Dirigentenpult zusammengebrochen war.

Als Onkel Erwin eine Pause machte, sagte meine Frau zu ihm: »Jetzt müssen Sie sich aber stärken!« Denn auch auf dem Tisch neben Onkel Erwin standen Teller mit großen Hackfleisch- und Wurstbergen. Die Leute aßen auch davon, aber man konnte nicht sehen, dass es weniger wurde.

»Nein«, wehrte Onkel Erwin den Vorschlag meiner Frau ab, »ich esse heute weder Fleisch noch Wurst, denn ich mache eine Kur.« Dann trank er ein großes Glas Rotwein aus. »Ich mache nämlich eine Rotweinkur; sie ist zwar teuer, aber gesund, denn Rotwein ist das gesündeste Getränk, das es gibt.«

»Ich dachte, Milch ist das gesündeste Getränk«, sagte ich.

»Nein«, korrigierte mich Onkel Erwin, »Milch ist zwar gesund, aber Milch ist kein Getränk. Meine Kur schreibt mir vier Flaschen Rotwein pro Tag vor.« Er deutete mit der Hand auf drei noch volle Flaschen Rotwein, die unter seinem Stuhl standen. Meine Frau ging das Fenster öffnen, weil es ihr zu stark nach Wurst roch. Eine Sekretärin kam herein und setzte sich auf meinen Schoß und sagte: »Warum bist du so schrecklich nüchtern?« Ich klopfte ihr auf den Rücken und wusste nicht recht, was ich tun sollte, bis ihr Mann hereinkam und sie wegholte. Unser Werbeleiter, der bis dahin stumm in der Ecke gesessen hatte, erwachte aus seiner Lethargie und verkündete: »Ich beherrsche drei Sprachen!« Meine Frau war die Einzige, die den Witz noch nicht kannte, sie erkundigte sich bei ihm, welche Sprachen das seien, und der Werbeleiter erläuterte: »Laut, leise und langsam!« Aus Gewohnheit lachten wir alle.

»Was lacht ihr denn?«, fragte Spiegel, der in diesem Augenblick das Zimmer betrat. »Habt ihr nichts mehr zu trinken? Warum isst niemand?« Er hatte beide Hände voller Weinflaschen. »Wo ist Drops?«, fragte er. Onkel Erwin gab Auskunft: »Drops ist nicht hier, er muss unten sein. Wir wollten ihn nicht hier haben. Er fing schon wieder an, leere Flaschen aus dem Fenster zu werfen, und wir haben ihn weggeschickt. Ich hatte Angst, es könne ihm noch einfallen, auch volle Flaschen aus dem Fenster zu werfen.«

»Aha«, sagte Spiegel, »soll ich noch etwas zu essen holen?« Aber es waren noch genügend Vorräte da. Meiner Schätzung nach hatte sich Spiegel auf eine Speisung der fünftausend eingerichtet, obwohl höchstens achtzig Gäste da waren.

Meine Frau stellte plötzlich fest, dass wir Thomas' Frau noch gar nicht gesehen hatten. Ich sagte: »Entschuldigt uns mal, wir wollen mal sehen, wo die Frau von Thomas steckt.« Dann gingen wir sie suchen.

Im Erdgeschoss gab es an der Bar des Oberbuchhalters gerade eine Auseinandersetzung zwischen Drops, der spaßeshalber die Schnapsgläser an die Wand werfen wollte, und dem Barmann, der die Gläser lieber auf dem Schanktisch gesehen hätte. Die Auseinandersetzung endete damit, dass Drops die ganze Bar umwarf, dem Oberbuchhalter eine Ohrfeige und einer dazwischentretenden Kontoristin einen Kinnhaken verabreichte und daraufhin durch den Direktor von der weiteren Teilnahme an der Feier unseres zehnjährigen Bestehens beurlaubt und hinausgeworfen wurde. Die Kontoristin begann zu weinen, so dass meine Frau sich bemühte, sie zu trösten. »Er hat mir einen Kinnhaken gegeben«, sagte die Kontoristin, »und nun kriege ich Nasenbluten.« Sie kriegte es tatsächlich. Alle waren sehr nett zu ihr und machten Witze; so hörte sie bald zu weinen auf.

»Wir wollen doch die Frau von Thomas suchen«, erinnerte ich meine Frau. Aber wir brauchten nicht mehr zu suchen, denn sie kam gerade die Treppe herunter und machte ein ganz böses Gesicht. »Wo ist mein rechter Schuh?«, rief sie verärgert. Sie hatte in der Tat nur noch einen Schuh an, und zwar genau den rechten, wohingegen ihr der linke fehlte. Ganz offensichtlich war sie in einem Zustand der Erregung, in dem man wohl links und rechts einmal verwechseln kann, und im Grunde war ja auch nur wesentlich, dass ihr ein Schuh fehlte, und nicht, welcher Schuh ihr fehlte. »Es war so ein guter Schuh«, klagte die Frau von Thomas, »und jemand muss ihn mir weggenommen haben.« Einige Kollegen machten sich auf die Suche nach dem Schuh, ausgenommen Thomas selbst.

Thomas tanzte im Speisesaal und war seiner Frau böse, weil ihr der Schuh abhanden gekommen war. »Natürlich«, sagte er, »natürlich musste sie den Schuh verlieren. Ich habe es vorher gewusst. Sie lässt keine Gelegenheit vorübergehen, mich zu blamieren.« Er schien davon überzeugt zu sein, dass sie den Schuh absichtlich verloren habe, um ihn zu blamieren. Ich trank mit Thomas ein Glas Wein, um ihn über seinen unsäglichen Schmerz hinwegzutrösten. Dann ging ich wieder hinauf zu Onkel Erwin, wo ich neben anderen die Frau von Thomas und meine Frau fand. Man hatte den verlorenen Schuh wiedergefunden, und nun weinte die Frau von Thomas. Meine Frau gab ihr ein Brötchen mit Wurst, doch sie weinte weiter. Spiegel brachte zwei neue Teller mit Wurst sowie zwanzig Flaschen Wein, und dabei saßen doch höchstens zehn Gäste in diesem Raum. Onkel Erwin schloss die Fenster, denn es war ihm inzwischen zu kühl geworden. Vor den Fenstern war schon die Dunkelheit, denn wir feierten unser zehnjähriges Bestehen an einem Tag im Frühjahr, und da blieb es nicht lange hell am Abend.

In allen Stockwerken war noch Betrieb, als wir nach Hausse gingen; es wurde getanzt und getrunken, gelacht und geweint, geredet und gesungen, und Spiegel schleppte unermüdlich neue Vorräte von Hackfleisch, Jagdwurst, Fleischwurst und Wein herbei. »Du bist mit deinen früheren Kollegen gar nicht so richtig warm geworden«, sagte meine Frau, »vielleicht bist du schon zu lange aus der Firma heraus.«

»Ich weiß nicht, ob es das ist«, sagte ich, »wir haben uns eigentlich immer sehr gut verstanden. Es ist ja gar nicht so lange her, dass ich in der Firma gearbeitet habe. Früher war es ein bisschen anders. Da hatten wir auch nicht so schrecklich viel zu essen und zu trinken, vor allem nicht so viel zu essen. Vielleicht ist es das. Ich weiß nicht, ob es das ist, aber vielleicht ist es das.« Mir war warm geworden, und ich freute mich schon darauf, dass ich zu Hause mein Hemd ausziehen konnte.

1963

Rekonstruktion einer Badestube

Als unsere alte Badewanne schon sehr alt war und längst nicht mehr wie eine Badewanne aussah, sondern wie der Sarg vom Väterchen Rost, beantragten wir eine neue.

Nach ungefähr einem Jahr suchte uns ein von der Wohnungsverwaltung beglaubigter Inspekteur auf (ein wissenschaftlicher Mitarbeiter für Badewannen), um eine sogenannte Objektbegehung durchzuführen. Das heißt: Er beging die Wanne gar nicht, sondern schaute sie bloß wissenschaftlich an und sagte: »Haben Sie alte Schrauben gekocht in dieser Wanne? Sie sollten wirklich mal eine neue beantragen.«

»Das haben wir ja schon vor einem Jahr gemacht«, sagte meine Frau.

»Kurz ist das Leben«, bemerkte er tiefsinnig, »und eitel die Kunst. Stellen Sie einen zweiten Antrag! Doppelt wird ein Schuh draus.« Dann schrieb er alles in sein großes Schreibebuch ein und sagte: »Sie müssen hier gegenzeichnen«, und wir zeichneten dort gegen.

Ja, das ist schon lange her. Mein Haar war noch nicht grau, damals.

Sieben oder acht Monate später wurde die neue Badewanne geliefert und im Keller abgestellt. »Wie lange wird das Ding wohl halten?«, fragte meine Frau. Der leitende Lieferant sagte: »Garantiert zehn Jahre, wenn Sie die Wanne im trockenen Keller stehen und kein Wasser rankommen lassen.«

Nachdem die neue Wanne fast anderthalbmal im Keller überwintert hatte, trocken wie eine alte Raucherlunge, erschien an einem sehr kalten Tage gänzlich unerwartet die Komplexbrigade Bruckner, welche aus zwei Klempnern und einem Maurer namens Brutwulst bestand. Ich erklärte diesen Leuten: »Die alte Wanne ist eine so genannte Einbauwanne. Um die neue Einbauwanne, die im Keller steht, einzubauen, muss man zuerst die alte Einbauwanne ausbauen.«

Anton Bruckner schenkte mir einen jener Blicke, welche Fachleute für Idioten übrig haben, und meinte: »Schau an, schau an. Erst ausbauen, dann einbauen … Was Sie nicht sagen! Zunächst muss aber Kollege Brutwulst die alten Kacheln abhauen. Hau ab, hau ab!«

Meine Frau schlug vor: »Den Kaffee können wir in der Küche trinken.« Die Küche befindet sich direkt neben der Badestube. »Wie man hört«, sagte ich, »haut Herr Brutwulst nebenan die alten Kacheln ab.«

Niemand im Umkreis von etwa drei Kilometern hätte es überhören können.

Meine Frau fragte den Brigadier Bruckner: »Wollen Sie Zucker?« Doch erfuhr man nie, ob Bruckner Zucker wollte, denn in diesem Moment brach die Wand zwischen Badestube und Küche zusammen. Durch das riesige Loch lächelte verlegen der Maurer, einen gewaltigen Hammer in der Hand und übersät mit Kachelkrümeln. Er stellte die blödsinnigste aller Fragen, nämlich: »Ist was?«

»Ja«, sagte meine Frau, »es ist noch Kaffee da.«

Ich bemerkte: »Dies ist eine Rabitzwand.«

»Das war mal eine Rabitzwand«, widersprach Anton Bruckner.

Maurer Brutwulst schlürfte den heißen Kaffee und fragte: »Haben Sie gar keinen Kuchen?« Da wir gar keinen Kuchen hatten, fügte er hinzu: »Falls Sie nun eine neue Wand haben möchten, so kann ich da gar nichts machen. Nämlich auf meinem Auftragsschein steht keine Silbe von irgendeiner neuen Wand.«

Auf meine Frage, ob er einen Auftragsschein für das Einschlagen von Wänden mit schweren Eisenhämmern habe, sagte er: »Manchmal mache ich etwas ganz aus eigener Initiative. So was tun Sie wohl niemals?«

Da betrat unser alter junger Freund Ringo Molkenthin die Ruine der Küche und sprach in seiner scherzhaften Art: »Befand sich hier nicht diese Wand, an der ich jene Fliesen – im Volksmund auch Kacheln genannt – festmachen sollte? Aber Leute, selbst ein so pfiffiges Kerlchen wie Old Ringo kann keine Kacheln an eine Wand kleben, die überhaupt nicht mehr vorhanden ist.«

Anton Bruckner und sein Kollege trugen die alte Wanne nach unten und die neue nach oben. Das Treppengeländer kann aber nicht ohne weiteres repariert werden, da unser Haus unter Denkmalschutz steht.

Als ich der Aufforderung des Maurers Brutwulst, den vor der Haustür gefrorenen Mörtel eimerweise heraufzuschleppen, nur zögernd folgte, nannte mich dieser junge Handwerks-Kader einen alten Sesselfurzer und teilte mit: »Wenn Sie den Mörtel unten liegenlassen, taut er erst im Frühjahr auf. Dann komme ich frühestens in vier oder fünf Monaten zum Einmauern Ihrer dussligen Wanne.«

Während ich die von Mauerschutt und Eismörtel zerstörten Plasteimer zum Müllplatz trug, begann der Mörtel in der Küche zu tauen und den Mosaik-Fußboden in seine Einzelteile aufzulösen.

Am nächsten Tag sagte Kamerad Brutwulst: »So, die Wanne ist eingemauert. Die Wand kommt später dran – falls ich eine passende Sauerkohlplatte kriege. Haben Sie wirklich keinen Kuchen?« Wir hatten wirklich keinen Kuchen. Aber meine Frau erinnerte sich an den weisen Ausspruch Lord Byrons: »Bargeld ist Aladins Wunderlampe.« Und so brachte er (der Maurer, nicht Lord Byron) eine monumentale Sauerkohlplatte herbei. Das Loch in der Wand freilich blieb uns noch lange Zeit erhalten, denn Brutwulst wurde zwischenzeitlich zur Gestaltung von Rabitzwänden auf dem Zentralbahnhof Schönefeld abberufen.

Der restliche Mörtel lag monatelang auf der Straße. Die werten Mitbürger sagten: »Das ist der Mörtel von dem Humoristen, diesem alten Schweinehund, der nie seinen Dreck wegräumt.« Sie waren sauer, weil sie keine Spitzhacken besaßen, um etwas von meinem Mörtel zu klauen, der so hart war wie sibirischer Dauerfrostboden.

Inzwischen hatte sich das Loch in unserer Wand herumgesprochen. Die Nachbarskinder wollten in der Küche dem Onkel Lothar (also mir) beim Baden und bei sonstigen Beschäftigungen zuschauen.

Der Naturforscher aus dem Parterre erkundigte sich: »Ist es wahr, dass Ihre Frau, während sie unter der Dusche steht, Ihnen in der Küche durch das große Wandloch Anweisungen für die Zubereitung der Speisen gibt?«

»Natürlich«, sagte ich, »belehrt sie mich gegebenenfalls darüber, dass man vegetarische Professoren nicht zu lange kochen darf, weil sie sonst hart werden – ein Phänomen, das auch bei Hühnereiern beobachtet werden kann.«

Mitten in der Nacht entwickelte meine Frau folgendes Projekt: »Kleinst-Theater sind modern, also in. In unsere Küche passen zwanzig Stühle. Wir eröffnen die Nasse Bühne in der Wanne.«

»Und spielen Majakowskis *Schwitzbad*«, sagte ich.

»Nein. Zuerst bringen wir das absurde Dramolett *Eingeseifter Mann und weit und breit kein Maurer*. Ich führe Regie und kassiere zehn Mark pro Nase; du spielst die Hauptrolle.«

»Nackt?«

»Selbstverständlich.«

»Also dreißig Mark Eintritt«, sagte ich, »es kommt ja auf die Fülle des Gebotenen an. Da hätten wir bei drei ausverkauften Vorstellungen nach Abführung der Lustbarkeitssteuer ungefähr das Geld eingenommen, das wir für die Kacheln ausgeben mussten.«

Unser Plan wurde allerdings nicht verwirklicht, weil wir der Volksbühne keine Konkurrenz machen wollten und weil überraschenderweise olle Brutwulst kam und unsere Wand wieder erbaute.

Nachdem zu guter Letzt unser alter junger Freund Ringo Molkenthin die rekonstruierte Badestube mit irgendwo geklauten Kacheln in den verschiedensten Formaten und Farben niedlichst verziert hatte, fühlten wir uns wie schaumgeboren, weil wir mehrmals täglich badeten.

Unsere Haut wurde schon ganz schrumpelig!

Und da – wir waren gerade dabei, uns gegenseitig einzufetten – suchte uns der von der Wohnungsverwaltung beglaubigte Inspekteur auf, um eine sogenannte Objektbegehung durchzuführen.

»Hier ist alles in bester Ordnung«, sagte ich.

»Sie haben eine neue Wanne beantragt«, erklärte er, »und die wird gegen die alte ausgetauscht. Steht alles in meinem Buch. Basta bastolorum!«

»Sie hatten uns doch damals selber geraten, einen zweiten Antrag zu stellen.«

»Selber geraten? Davon weiß ich nichts«, sagte er, »ich bin kein

Ratgeber, sondern wissenschaftlicher Mitarbeiter. Also übermorgen kommt die Komplexbrigade Gustav Mahler, und der Maurer haut die Kacheln ab!«

»Nur über unsere Leichen!«, stöhnte meine Frau.

Der Inspekteur rief: »Halt! Das ist eine Erpressung!«

»Mensch«, sagte ich, »hier spricht praktische Vernunft und nicht Erpressung.« Dann überredeten wir ihn zu einem Vitamin-Vollbad mit Flieder-Geschmack.

»Na schön«, sagte er, als ich ihn abtrocknete, »Sie haben Schwein: Ich bin in der Lage, Ihre Wanne niederzuschlagen. Rein aktenmäßig, meine ich. Heute ist nämlich mein letzter Arbeitstag bei der Wohnungsverwaltung. Ich bin, höhöhö, sozusagen eine Wanne höher gerutscht.«

»Was werden Sie denn künftig inspizieren?«

Er antwortete stolz: »Ich werde in Bad Elster als Oberinspekteur die mit Moor gefüllten Moorbad-Badewannen beaufsichtigen.«

»Das freut uns für Sie«, sagte meine Frau, »da haben Sie eine Arbeit, bei der nicht jeder so richtig durchsehen kann.«

1968

Der teuerste Scheuerlappen der Welt

Auch an jenem Herbstabend versuchte ich, unauffällig an unserem Konsumladen für Textilien vorbeizuschleichen, und auch an jenem Abend misslang es.

Eckermann, der Chef, diese männliche Sirene der Kundenwerbung, lauerte wie immer in der offenen Ladentür auf potentielle Käufer; er saugte mich förmlich mit seinen Blicken an, schnalzte mit der Zunge und rief über die Straße: »Wenn Sie wüssten, was ich für Sie habe, mein Bester!«

Ich ahnte wohl, was er für mich hatte – irgendein Kleidungsstück, von dem er mir einreden würde, dass ich es dringend brauchte.

Diesmal handelte es sich um einen Pullover.

»Es ist sehr nett von Ihnen, dass Sie an mich gedacht haben«, sagte ich, »nur benötige ich momentan keinen Pullover.«

Eckermann schaute in eine fremde Ferne und sagte: »Kalt wird's werden …

Mein Vetter Arnold lief als junger Mensch den ganzen Winter lang ohne Pullover herum. Mit zweiundzwanzig Jahren starb er an Lungenentzündung.«

»Sehr bedauerlich. Ich bin aber im Besitz einer Strickjacke.«

»Wem sagen Sie das?«, meinte Eckermann, »ich habe sie Ihnen ja damals selber verkauft. Das waren noch Zeiten. Da trug man noch Strickjacken. Heute nun freilich … Immerhin, es ist schließlich Ihre Sache. Weshalb soll man keine Strickjacke tragen, wenn man beispielsweise den Keller aufräumt oder das Fahrrad putzt? Wer allerdings unter die Leute gehen will … Hm.«

»Außerdem habe ich zwei Strickhemden, Herr Eckermann«, sagte ich.

»Ja, ja, ja. Ich weiß. Wenn der Frost kommt, können Sie die beiden Strickhemden übereinander anziehen und den Raum dazwischen mit Zeitungspapier ausstopfen. Aber ich stehle Ihnen die Zeit, fürchte ich. Am Ende denken Sie noch, ich will Ihnen was aufschwatzen! Bewahre! Diese Pulloverchen brauche ich nur ins Schaufenster zu legen, und man wird sie mir förmlich aus den Händen reißen.«

»Ich könnte mir ja das Ding mal eben ansehen«, sagte ich und folgte Eckermann in den Laden. Der Pullover war nicht hässlich; er fühlte sich allerdings etwas rauer an, als ich erwartet hatte, und roch so ähnlich, wie die meisten Scheuertücher riechen.

Natürlich traute ich mich nicht, meine Bedenken auszusprechen. Eckermann gegenüber fühle ich mich immer wie ein Kaninchen, das von einer Schlange fixiert wird.

»Habe ich übertrieben oder nicht?«, fragte er. »Übrigens ist das Ding aus Wolle mit einem kleinen Zusatz von einer außerordentlich strapazierfähigen Kunstfaser.«

»Aber ist mir der Pullover nicht eine Nummer zu groß?«

»Das täuscht«, sagte Eckermann, »außerdem ist es möglich, dass er nach der ersten Wäsche ein bisschen einläuft. Deshalb sollten Sie froh sein, dass er eine Idee zu groß ist.«

Eine derart bemerkenswerte Idee war mir lange nicht begegnet, aber ich kaufte und floh.

Meine Frau betrachtete meine Neuerwerbung wie ein ungeputztes Fenster und fragte: »Was ist denn das? Wo hast du denn das gefunden?«

»Gefunden ist gut! Das ist ein Pullover. Wolle! Mit einem Zusatz von irgendetwas. Außerordentlich strapazierfähig!«

»Dich kann man nicht mal allein auf die Straße lassen«, stöhnte sie, »mir erzählst du, dass du zur Post gehst, und in Wahrheit wirfst du dich diesem Eckermann in die Hände.«

»Du übertreibst wie immer«, bemerkte ich.

»Ach was! Wie viel hat denn das Ding gekostet, und warum stinkt es so? Zieh's doch mal über, ob es dir überhaupt passt.«

Ich nannte den Preis und kroch in den Pullover hinein.

Als ich den Kopf aus dem Ausschnitt heraussteckte, hatte meine Frau böse Augen. »Du warst also doch in der Kneipe«, behauptete sie, aber ich zeigte ihr den Kassenzettel, und sie schüttelte den Kopf und sah mich mitleidig an. »Außerdem ist dir das Ding doch zu groß!«, sagte sie. Ich erläuterte ihr, dass der Pullover nur eine Idee zu groß und wozu dies gut sei. Meine Frau wollte den Pullover sofort waschen, und zwar, seines speziellen Geruchs wegen, zuerst in Wasser, dann in Essigwasser und abschließend in Eau de Cologne.

»Bei dem Preis für das Ding«, sagte sie, »kommt es auf ein paar Liter Kölnischwasser mehr oder weniger auch nicht an.«

Nach der Wäsche roch der Pullover nicht mehr wie ein Scheuertuch, sondern wie ein feuchtes Scheuertuch. Ich hatte auch den Eindruck, dass er etwas weiter geworden war, aber ich sagte nichts, und meine Frau sah erst den Pullover und dann mich so seltsam an, aber sie sagte auch nichts.

Als das Eckermannsche Exemplar endlich trocken war, hing es wie ein Poncho um mich herum, und meine Fingerspitzen sahen kaum aus den Ärmeln hervor. Meine Frau grinste unverschämt und rief das Kind: »Schnell, schnell! Pappi hat sich als Clown verkleidet.« Das Kind wurde vom Gelächter förmlich zerrissen, bis ich energisch mit der im Inneren des Pullovers geballten Faust auf den Tisch schlug und sagte: »Er ist aber sehr schön warm!«

»Das glaube ich«, kicherte meine Frau, »besonders oben am Hals, an diesem Riesenausschnitt. Das ist kein Pulloverausschnitt mehr, das ist schon ein Dekolletee.«

Ich wickelte mich wütend aus dem Pullover heraus und legte ihn in den Kleiderschrank; er füllte ein ganzes Fach.

Am nächsten Sonntag zog ich ihn an und ging damit spazieren. Schließlich war es kein hässliches Stück, und ich war ein bisschen stolz darauf, dass sich viele Leute nach mir umdrehten. Unterwegs traf ich einen guten alten Bekannten, den Kohlenträger Knudsen, der fast immer besoffen ist und aus unerfindlichen Gründen »Professor Knudsen« genannt wird. Der Professor schlug mir freundschaftlich mit seiner Pranke auf die Schulter und hinterließ auf dem Pullover die unübersehbaren Spuren seiner mächtigen Kohlenträgerhand.

Meine Frau weigerte sich, das gute Stück nochmals zu waschen, und ich brachte es daher in die Wäscherei.

»Wem gehört denn der?«, fragte die Wäscherin erstaunt, »das muss ja ein wahrer Riese sein, der so was trägt. Wahrscheinlich ein Schwergewichtsboxer.«

Ich lächelte fein und gab keine nähere Auskunft.

Als der Pullover aus der Wäscherei zurückkam, war er dermaßen groß geworden, dass sich das Kind unter Zuhilfenahme einiger Besenstangen daraus im Garten ein Zelt baute, um mit Freunden darin Indianer zu spielen. Diesmal schafften wir den Pullover zu einer chemischen Reinigung.

Das Unvorstellbare wurde Wirklichkeit: der Pullover vergrößerte sich noch mehr. Der Halsausschnitt hatte nun einen Umfang von 94 Zentimetern. »Entweder wir kaufen einen größeren Kleiderschrank«, sagte meine Frau, »oder wir müssen das Ding auf dem Boden aufbewahren. Soll ich es dir unten vielleicht ein bisschen umnähen, damit du nicht drauf trittst und stolperst?«

Ich biss die Zähne zusammen, während sich meine Frau die Nase zuhielt.

Das Strapazierfähigste an dem Prachtexemplar war offenbar sein eigenartiger Geruch, dem keine Wäsche oder Reinigung etwas anzuhaben vermochte. »Pappi stinkt nach Scheuerlappen«, erzählte das Kind auf der Straße, und als mir ein paar Halbwüchsige an der Bushaltestelle nachgrölten: »Neesen zu! Da kommt der olle Scheuerlappen!« kriegte ich die Wut, griff zur Papierschere und zerschnitt den Pullover in lauter quadratische Scheuertücher.

Der Pullover ergab sechsundsechzig Scheuertücher.

Dann ging ich zu Eckermann und fragte ihn, was bei ihm ein Scheuerlappen kostet. »Vierzig Pfennig«, sagte er.

»Nein!«, rief ich, »das stimmt nicht! Ein Scheuerlappen kostet bei Ihnen genau zwei Mark und siebzig Pfennig! Ich habe gründlich nachgerechnet!«

»Sie machen wohl Witze«, sagte Eckermann verständnislos, und dann lachte er, »für den Preis können Sie ja einen Scheuerlappen aus reiner Wolle verlangen!«

»Jawohl«, sagte ich grimmig, »und mit einem außerordentlich strapazierfähigen Zusatz. Man muss sich die Dinger lediglich selber zuschneiden.«

Aber das verstand er natürlich nicht.

1968

Das Schambah-Zepareh-Spiel

Es ist gefährlich, mit einer Frau ins Kino zu gehen, und am allergefährlichsten ist es, mit der eigenen Frau ins Kino zu gehen.

Neulich sahen wir so ein olles Stück Film beziehungsweise (wie jene Kinokritiker zu sagen pflegen, die früher in der Konfektion beschäftigt waren) einen Streifen, in dem gezeigt wird, wie eine Ehe beinahe zu Bruch geht, weil die Frau ihren ständig fleißigen und deshalb nicht immer galanten Mann satt hat. Aus diesem Grund erwägt sie, einem entfernten Verwandten (ich glaube, es handelt sich um einen Vetter), jung, schön und blöd, ihre Gunst und so weiter zu gewähren. Dem Ehemann ist das natürlich nicht recht, denn er überlegt sofort, was die Leute dazu sagen könnten; und außerdem kränkt es seine Eitelkeit. Betrogene Ehepartner heucheln zwar mitunter Verständnis, doch schränken sie das meistens mit der Frage ein: Aber ausgerechnet mit dem? Ausgerechnet mit der?

So auch in jenem Kinostück.

Natürlich will ich nicht die ganze Geschichte wiedererzählen, die ich ohnehin nicht richtig verstanden habe. Nur so viel sei noch gesagt, dass der beinahe betrogene Ehemann unversehens auf die Idee kommt, die eigene Frau wie eine heimliche Geliebte zu behandeln, mit ihr Schönes zu plaudern und sie zu einem ganz feinen Essen im Chambre séparée einzuladen.

An dieser Stelle muss vielleicht für jüngere Leser, die gerade kein Fremdwörterbuch in der Nähe haben, der Begriff »Chambre séparée« erläutert werden. Es handelt sich da um ein »abgesondertes Zimmer«, um einen »Sonderraum in Gaststätten«, in welchem in den alten Zeiten die Angehörigen der herrschenden Klassen unheimlich viel Sekt verbrauchten, um widerspenstige junge Damen einigermaßen spenstig zu machen. Na meinetwegen.

Nach der Vorstellung gingen wir nach Hause, und was sagt meine Frau an der Straßenbahnhaltestelle?

»Mit mir würdest du ja nie in son Schambah Zepareh gehn!«

Flugs entgegnete ich: »Liebling, mit dir würde ich überall hingehen. Indes, die Zeiten der Chambres séparées sind vom Besen der Geschichte hinweggefegt worden, und heutzutage findet man nicht einmal in den Interhotels solche Stuben, in denen die Besitzenden mit Hilfe erlesener Speisen und Getränke (die in Kino- und Theaterstücken fast immer ungenossen stehen bleiben) um die Gunst junger Damen buhlen, welche sie besitzen wollen; entschuldige bitte den Ausdruck: besitzen!«

»Du findest ja immer eine Ausrede«, sagt sie.

Darauf ich: »Das ist reine Demagogie! Wir können nach Hause fahren und uns in unser eigenes Chambre séparée setzen; es soll dir an nichts fehlen!«

Meine Frau besteht aber darauf, dass ich den Sekt nur aus ihrem Schuh trinken dürfe.

Ich sage: »Du weißt ganz genau, dass die Brandsohle ein Loch hat. Deine feinen Schuhe können doch gar keinen Sekt mehr halten. Außerdem haben wir nur Rotwein im Keller.«

»Ohne Sekt«, meint sie, »macht mir die ganze Verworfenheit keinen Spaß. Ein Schambah Zepareh ohne Sekt ist wie ein Schweizer Käse ohne Löcher.«

Ich biete an, mit dem Taxi zur nächsten Nachtapotheke oder zu einer noch geöffneten Bar zu fahren, um Sekt herbeizuschaffen. Meine Frau ist dagegen. Sie hat gewisse Erfahrungen mit mir gemacht; wenn ich erst einmal eine Nachtapotheke betreten habe, komme ich so bald nicht wieder heraus.

Liebenswürdigerweise ist meine Frau nun bereit, im »Sonderraum« unserer Wohnung (das heißt also: in unserem Wohnzimmer) etwas Rotwein zu trinken – allerdings aus einem Bierseidel. Wir hatten auch mal ein Rotweinglas, aber das hat der Kater in Ermangelung einer Maus vom Tisch gefegt, und Weingläser sind ja bekanntlich noch empfindlicher als Frauen, Musiker oder Dederonstrümpfe.

»Einen Smoking«, sage ich, »besitze ich nicht, wie dir wahrscheinlich bekannt ist; indes will ich meine dunkle Hose mit einem grauen Schal gürten. Das könnte einen gewissen Smoking-Effekt erzielen.«

Der Smoking-Effekt war meiner Frau völlig egal. Sie verlangte nach Hummer-Mayonnaise.

»Gut, meine Liebe. Mayonnaise haben wir, und statt Hummers könnten wir einen Hering hineintun. Oder etwas Salami. Oder Nudeln.«

»Ich will aber Hummer«, sagt sie, »Hummer ist, wenn man trotzdem lacht. Hummer ist der beste Koch! Lass wenigstens eine Selters kommen!«

Ich rufe: »Garçon! Selters!« Er kommt aber nicht. Das liegt daran, dass in unserer Wohnung kein Separée-Kellner beschäftigt ist. Demzufolge muss ich mich selbst auf den Weg machen, um die Selters aus dem Keller zu holen. Es ist aber keine im Keller. Es sind bloß Kohlen da, Kartoffeln, Brennholz, Knüllpapier, mein kaputtes Fahrrad und sonstiger Kram, den man als galanter Herr einer Dame im Chambre séparée nicht so ohne weiteres anbieten kann. Kundig, wie ich bin, erzeuge ich in unserer Küche unter Zuhilfenahme von Natronpulver, Essig, Zucker und Leitungswasser ein künstliches Erfrischungsgetränk, das einem Schaumwein gleichkommt. Und welch ein Wunder:

Meine Frau trinkt davon! Dennoch besteht sie weiter auf der verdammten Hummer-Mayonnaise.

Ich überlege, ob man zu dieser späten Stunde noch irgendwo Hummer-Mayonnaise auftreiben könne, allein mir kommt kein Einfall. Eine Weile telefoniere ich mit Freunden, mit dem Kundendienst »Wohin in Berlin«, mit dem Wetterbericht und so weiter – doch niemand offeriert mir Hummer-Mayonnaise.

Also begebe ich mich wieder in die Küche, öffne eine Bierflasche, überlege, ob ich deren Inhalt aus einem Glas oder aus meinem Schuh trinken soll, entscheide mich der Einfachheit halber für die Flasche und erwärme auf dem Gasherd den nächstbesten Topf, in welchem ich genießbare Speise vermute. Und siehe da! Es ist Spinat darin. Als Beilage fertige ich rasch ein Spiegelei à la Séparée an und serviere meiner Frau diese ganz und gar einmalige, äußerst raffinierte lukullische Spezialität.

»Hm«, sagt sie, »schmeckt jut.« Das enttäuscht mich etwas, denn in den Chambre-séparée-Kinostücken reden die Damen immer ganz anders.

»Was heißt denn hier: schmeckt jut? Das schmeckt nich jut, sondern allenfalls formidabel oder allabonnöhr oder kommßihkommßah, verstehste?«

Aber da ist es schon zu spät.

Sie hat sich nicht nur etwas Rotwein, sondern auch ein bisschen Spinat auf ihr helles Kleid gekleckert.

»Mayonnaise«, sagt sie scharf, »und Sekt hätte man auf einem gelben Kleid überhaupt nicht bemerkt. Aber dieses Zeug …«

Frauen kann man es nämlich niemals recht machen.

1969

Ein Freund in der Not

Ein Freund in schlimmer Not für jeden geordneten Haushalt ist die sogenannte Hausapotheke, die in übersichtlicher Weise jene Mittel griffbereit hält, mit denen man bis zum Herannahen des Arztes fast alle Leiden, Schnupfen ausgenommen, heilen oder doch zumindest lindern kann.

Auch wir haben natürlich eine solche Hausapotheke. Sie enthält merkwürdigerweise mehr Ohrenklappen, als in unserer Familie Ohren vorhanden sind, ferner diverse Gläschen mit Tabletten, die niemand einzunehmen wagt, weil die Etiketts verlorengegangen sind, die aber auch niemand fortzuwerfen imstande ist – ich weiß nicht, warum. Unsere Hausapotheke beherbergt weiter drei Heftpflaster-Schachteln, in denen sich kein Millimeter Heftpflaster mehr befindet, außerdem eine total versteinerte Tube vorzeitlichen Zahnkrems sowie eine Salbe mit Namen »Portofizylionthakred«, von der selbst geübte Alchimisten nicht sagen können, wie und bei welchen Beschwerden man sie anwendet. Außerdem verfügen wir über zwei Fläschchen mit mindestens fünfzehn Jahre altem Hustensaft, der wahrscheinlich nur noch gegen Husten genommen werden kann, der ebenfalls mindestens fünfzehn Jahre alt ist.

Wir haben auch eine Mullbinde, die häufig durch die Waschmaschine gewandert ist und daher nicht mehr wie eine Mullbinde aussieht, sondern wie ein Strick.

Und des Weiteren sind gewisse Gegenstände in unserer Hausapotheke angesiedelt, die eigentlich anderswo hingehören, die aber niemand anderswo hinlegt, nämlich drei Porzellansicherungen, ein Nussknacker mit lockerer Schraube, eine verbogene Pinzette und ein Ding, mit dem man Skier einwachsen soll, was aber noch keiner von uns versucht hat; wir haben gar keine Skier. Natürlich enthält der Kasten auch einen vergammelten Karton mit einem Rest von Dübelmasse, denn ohne Dübelmasse ist eine moderne Hausapotheke geradezu undenkbar. Kopfschmerztabletten oder ähnliche Präparate wird man in unserer Hausapotheke vergeblich suchen, denn wir als fortschrittliche Menschen sind der Meinung, dass man sich das Tablettenschlucken erst gar nicht angewöhnen soll, und deshalb haben wir schon aus ideologischen Prinzipien gar keine Kopfschmerzen. Falls aber einem trotz alledem einmal der Schädel brummt, so bekämpft er das mit einigen Analgin-Pillen.

Und die bewahren wir im Nähkasten auf.

1969

Der Drang zum Rang

Klawitter war fest entschlossen, sich den neuen Problemfilm »Der nach dem Zweiten und vor dem Vierten kam« nicht entgehen zu lassen. Er eilte zum »Astral-Palast« (zweihundert Sitzplätze) und forderte an der Kasse: »Einmal Rang!«

Die Dame hinter dem Schalter rührte gedankenverloren ihren Kaffee um und sagte: »Der Rang wird nicht verkauft.«

»Das glaube ich«, sagte Klawitter, »aber Sie haben mich offenbar missverstanden. Ich möchte nicht Ihren Rang kaufen. Was zum Teufel sollte ich denn mit Ihrem Rang anfangen? Sollte ich ihn vielleicht zu einem Gemeinschaftsbalkon für unser kommunal verwaltetes Wohngebäude umbauen? Ich will vielmehr für die Dauer der nächsten Vorstellung einen Sitzplatz auf Ihrem Rang mieten.«

Die Dame hinter dem Schalter überlegte, ob sie ihre fällige Wohnungsmiete schon bezahlt habe. Dann trank sie den Kaffee aus, setzte die Tasse ab und sprach energisch: »Wie ich Ihnen schon sagte, gibt es heute keine Karten für den Rang.«

»Warum nicht?«

»Warum nicht, warum nicht! Darum nicht! Es sind zu wenig Leute da. Unten sitzen Sie genauso schön.«

»Das können Sie gar nicht beurteilen«, sagte Klawitter, »wo ich schön sitze oder nicht, ist meine Privatsache. Ich möchte einen Platz auf dem Rang haben, weil ich gern über den Dingen stehe, das heißt sitze. Verstehen Sie das nicht?«

»Nein«, sagte die Dame hinter dem Schalter. »Ich verstehe bloß, dass Sie sehr anspruchsvoll sind.«

»Natürlich«, erläuterte Klawitter, »es handelt sich ja auch – laut Plakat – um einen Film für den anspruchsvollen Zuschauer. Und dieser anspruchsvolle Zuschauer – der bin ich.«

»Anspruchsvoll kann man auch im Parterre sein. Wir können doch nicht wegen eines einzigen Rang-Besuchers nachher den ganzen Rang saubermachen und all diese leeren Flaschen, Bonbonpapiere und Kekskrümel zusammenfegen.«

»Erlauben Sie mal!«, rief Klawitter. »Ich pflege keine Bonbons und Kekse zu essen, und leere Flaschen bringe ich zum Kollegen Rumpelmännchen!«

»Also einmal Parkett«, verkündete die Dame hinter dem Schalter unbeirrt.

»Sie können sich hinsetzen, wo Sie wollen.«

»Von wegen«, brummte Klawitter, »bloß nicht auf den Rang, was?« Aber er fügte sich in sein Schicksal und bezahlte.

Er fügte sich in sein Schicksal – aber nur drei Minuten lang. Die Vorführung der Werbe-Diapositive war noch nicht beendet, als er sich von seinem Platz erhob und mit fast unhörbarem Einbrecherschritt durch das Halbdunkel des Saales der Treppe zum Rang zustrebte. Behutsam schlich er nach oben, wählte sich den allerfeinsten Platz aus und streckte genüsslich die Beine von sich. Hier oben war er ganz allein, während unten mindestens noch fünfundzwanzig andere anspruchsvolle Zuschauer auf den Dritten warteten, der nach dem Zweiten und vor dem Vierten kommen sollte.

Klawitter genoss sein verbotenes Glück dermaßen ausgiebig, dass er sogar den kulturellen Vorfilm »Die Hochzeitsbräuche der Borkenkäfer im Thüringer Wald« geradezu spannend fand.

1973

Ein ganz kurzes Interview

Eines Abends, als ich gerade gemütlich in der Badewanne saß und mir vorstellte, ich wäre ein netter alter Postdampfer, klingelte das Telefon, und mit der Gemütlichkeit war's vorbei. Ich kann mich meistens nicht entschließen, das Telefon einfach klingeln zu lassen und es nicht abzunehmen; es könnte ja was Wichtiges sein. Also ich tapste auf nassen Sohlen zum Apparat und machte dabei hübsche Spuren auf den Teppich.

Am anderen Ende der Strippe sagte jemand: »Das ist aber schön, dass ich Sie endlich mal erreiche, ich versuche es nämlich schon die ganze Woche ununterbrochen.«

»Ich bin die ganze Woche nicht aus dem Haus gegangen«, sagte ich, »wer ist denn dort?«

»Hier spricht Oswin, Fernsehen der DDR. Wir haben nämlich im ›Nationalen Abend‹ eine Umfrage zur Frage des Rauchens gelesen, und da haben Sie sich doch auch beteiligt, und nun wollen wir unseren Fernsehern Ihre Antwort natürlich nicht vorenthalten.«

»Das ist aber fein«, sagte ich, »und was soll ich dazu tun?«

»Wir dachten an ein ganz kurzes Interview, das filmen wir, und dann streuen wir Sie bei passender Gelegenheit ein.«

»Womit?«, fragte ich.

»Ins Programm«, sagte Herr Oswin, »wir streuen Sie ins Programm ein. Können Sie morgen früh herkommen? Wir dachten nämlich, wir könnten das gleich morgen früh drehen. Vielleicht könnten Sie um acht Uhr hier sein.«

Ich fuhr am nächsten Morgen nach Adlershof, um dort ein ganz kurzes Fernsehinterview zu geben oder, wie es bessere Leute tun, zu gewähren. Es ist in jedem Fall klüger, man fährt zum Fernsehfunk hin, als dass man die Leute vom Fernsehfunk in seine Wohnung kommen lässt – jedenfalls, wenn man eigene Möbel hat. Die Leute vom Fernsehfunk haben sperriges Handwerkszeug und die Zwangsvorstellung, dass sie die Möbel umrücken müssten; es geht immer etwas kaputt.

Um acht Uhr fragte ich in der Anmeldung nach Herrn Oswin und wurde ins Kasino verwiesen. Dort war aber nicht Herr Oswin, sondern bloß ein junger rothaariger Kellner, der mich wieder hinauswarf mit der Begründung, dass vor neun Uhr nichts ausgeschenkt werde. »Ich will aber gar nichts ausgeschenkt kriegen«, versicherte ich, »ich habe hier nur ein ganz kurzes Interview zu geben.«

»Hier nich«, sagte der Kellner und knallte mir die Tür vor der Nase zu. Ich ging ein bisschen auf dem Gelände spazieren und traf rein zufällig Herrn Oswin, der sehr freundlich war und sich immerzu entschuldigte, wenn er vor mir irgendwo hineinging. Das Fernsehzentrum ist eine imponierende Angelegenheit. Es gibt dort viele Gebäude und nach meiner Schätzung ungefähr zehntausend Redakteure, die alles beurteilen können und von denen ungefähr dreitausend immer rasch hin und her laufen mit Gesichtern voller Nachdenklichkeit und Konzentration. Im Studio war gerade eine Art Betriebsversammlung, als Herr Oswin (»Gestatten Sie, bitte, dass ich vorangehe«) mit mir hineinkam. »So, da wären wir«, sagte Herr Oswin, »das ist unser Aufnahmestab.« Es waren ein paar Dutzend Leute versammelt, und sie fingen an, mir alle die Hand zu geben und ihre Namen zu brummeln. Irgendwie mussten wir schließlich die Zeit totschlagen. Es war ja erst drei

Viertel neun, und ich fand es sehr lehrreich, alle die Leute kennenzulernen, die mithelfen, wenn ein ganz kurzes Interview für den Fernsehfunk gemacht wird: Es waren dies ungefähr ein Dutzend Beleuchter, der Produktionsleiter mit seinen beiden Assistenten, drei oder vier Aufnahmeleiter, ein Requisiteur, der Chefkameramann mit den Unterkameramännern (die hinter der Kamera stehen, nicht darunter), die Kameraassistenten, der Musiktonmeister, der Sprachtonmeister, der Geräuschtonmeister, der Bandaufleger, der Bandabnehmer, zwei Garderobieren, Herr Oswin als Interviewredakteur, eine junge Frau, die Herrn Oswin das Manuskript hinhielt, ein junger Mann, der beständig mit dem Mikrofon herumfummelte und von allen anderen beschimpft wurde, zwei Architekten, einige Bühnenarbeiter, ein Ballettmeister, ein Dekorateur, fünf Menschen, die vergessen hatten, was sie eigentlich hier sollten, drei Portiers, der Regisseur und der unvermeidliche Feuerwehrmann.

Als ich alle diese Leute begrüßt hatte, ging Herr Oswin mit mir wieder auf den Gang hinaus und sagte: »Jetzt werden wir mal ein paar Takte miteinander sprechen, und inzwischen bereitet der Stab drin alles vor, und dann geht's eins-zwei-drei.«

»Na, dann legen Sie mal los«, sagte ich. Er erkundigte sich, ob ich den gleichen Text sprechen würde, den ich als Antwort auf die Rundfrage des »Nationalen Abends« geschrieben hatte. »Ja«, sagte ich, »oder wollen Sie was anderes haben?«

»Nein, nein, nein«, sagte er, »ich frage nur so.«

Inzwischen war es zehn Uhr geworden. Herr Oswin ging ins Studio nachsehen, wie weit man dort wäre, und kam mit der Botschaft wieder heraus: »Es kann sich nur noch um Stunden handeln«, was er sehr lustig fand und worüber er sehr lange lachte, genauer gesagt bis halb elf Uhr. Gegen elf Uhr kam der dritte Aufnahmeleiter aus dem Studio heraus und gab Herrn Oswin einen Wink. Es war soweit.

»Nun müssen wir bloß noch ausleuchten«, sagte der leitende Kameramann.

»Der Darsteller möchte sich doch mal da auf den Stuhl setzen«, sagte der zweite Kameraassistent, und ich tat's. Der Regisseur betrachtete das Ganze höchst kritisch, und ich fing an, unruhig auf dem Stuhl hin und her zu rutschen; da stellte ein Mann, den ich vorher noch nicht gesehen hatte, erstaunt fest, dass das Mikrofon nicht mehr da war. Daraufhin ging ein großes Geschimpfe los, das sich wieder auf den bewussten jungen Mann konzentrierte, der schon vorher der Abladeplatz der allgemeinen Misslaunigkeit gewesen war.

»Das Mikrofon macht 'n Schatten«, verkündete der Kameramann, als es endlich aufgestellt war. Offenbar gehört es zu den Prinzipien des Fernsehens, dass ein Mikrofon, im Gegensatz zu allen anderen Wesen und Gegenständen, keinen Schatten werfen darf. Während der folgenden Experimente mit dem Mikrofon, an denen sich fast alle Anwesenden mit guten Ratschlägen beteiligten, stellte ich fest, dass ich meinen Text vergessen hatte.

Ungefähr um halb zwölf kam jemand auf den Gedanken, dass man das Mikrofon doch ruhig auf den Tisch stellen könnte, da es sich ja um eine Art Interview handle. Wir alle fanden diesen Gedanken einfach großartig, und er wurde sofort in die Tat umgesetzt. Ich hatte inzwischen meinen Zettel gefunden und mich an den Text erinnert, und so konnten wir schon um zwölf Uhr zwanzig mit der Aufnahme beginnen. Ich setzte also mein allerfeinstes Lächeln auf und sprach wie verabredet die folgenden weisen Sätze in die Kamera:

»Wenn Sie mich fragen, so muss ich Ihnen sagen, dass ich nicht rauche; ich glaube auch nicht, dass Rauchen gesund ist.« Das dauerte genau sechs Sekunden. »Länger hätten Sie aber auch nicht machen dürfen«, sagte der Produktionsleiter, »denn jetzt haben wir Mittagspause.«

»Wie hat es Ihnen gefallen?«, fragte Herr Oswin zum Abschied.

»Sehr interessant«, sagte ich unsicher.

»Tja«, sagte Herr Oswin, »die moderne Technik hat nämlich was Umwerfendes an sich, vor allem, wenn man ihr zum ersten Mal gegenübersteht – als Laie.« Und froh, aber erschöpft kehrte ich dem Reservat der Fachleute den Rücken.

Übrigens wurde ich gar nicht eingestreut, denn der zweite Kameraassistent hatte keinen Film in die Kamera eingelegt, weil er im Glauben war, das hätte der dritte Kameraassistent besorgt.

1973

Na, was gibt's denn Neues?

Nach einer halben Ewigkeit saßen wir endlich wieder einmal in froher Runde beisammen. »Leute«, sagte ich fröhlich, »das ist schön, euch alle zu sehen. Nun lasst uns erst mal anstoßen!« Und das taten wir.

»Wie kommt es denn, dass du so braungebrannt bist?«

»Nun, mein Lieber, wenn man gerade um ganz Afrika herumgeschippert ist«, antwortete ich mit falscher Bescheidenheit, »dann ist es schon möglich, dass man einem das auch ansieht. Ich habe als frischgebackener Diplom-Meteorologe eben Schwein gehabt, als sie mich mit einem Forschungsschiff auf so eine kleine Weltreise schickten.« Ich räusperte mich bedeutungsvoll und griff zu meinem Glas.

»Donnerwetter!«, rief Johannes. »Das ist ja Pilsner Urquell! Wo hast du denn das aufgetrieben? Kannst mir gleich mal was nachgießen – ehe Carl kommt. Hahaha!«

»Ich habe einen Kasten Bier aus Rostock mitgebracht. Ich dachte gleich, nachdem wir unsere Forschungsergebnisse angelandet hatten – so nennen wir Seeleute das –, an eure trockenen Kehlen, Meeresluft macht übrigens auch Durst, von der tropischen Hitze gar nicht zu reden. Apropos – ich habe da ein Ding erlebt! Es war im Golf von Guinea, und unser Steuermann ...«

»Also was das Pilsner betrifft«, sagte Johannes, »so muss ich dir wirklich mein Kompliment machen.«

»Zu Pauls Geburtstag haben wir Radeberger Bier getrunken«,

bemerkte Artur, »das ist auch sehr gut. Es war nur zu warm. Pauls Frau hat kein Gefühl dafür, wie man Bier auf den Tisch bringt. Na ja, Bier ist eben etwas elementar Männliches.«

»Hört doch mal mit diesen Biergeschichten auf«, sagte Günter, der nur Selterswasser trank, weil er mit dem Auto gekommen war, »wir haben uns doch so lange nicht gesehen! Was gibt's denn Neues? Na?«

»Wenn es euch recht ist, erzähle ich ganz kurz mal das Ding mit dem Steuermann. Also, wir lagen im Golf von Guinea, und da ...«

»Stimmt das wirklich«, fragte Günter, »dass sich der dicke Kiesel von seiner Frau hat scheiden lassen, um eine Kugelstoßerin zu heiraten?«

»Ja und nein«, sagte Artur, »er hat sich scheiden lassen, aber nicht, weil er eine Kugelstoßerin heiraten wollte. Vielmehr hat seine teure Gemahlin einem Kugelstoßer schöne Augen gemacht. Sie hat ihn inzwischen auch geheiratet. Anita hat mir erzählt, es soll eine tolle Hochzeitsfeier gegeben haben; sie war nämlich eingeladen, weil sie doch mit Kiesel zusammen zur Schule gegangen ist. Die Fete ging bis früh um fünfe!«

Johannes klatschte in die Hände und fragte: »Was gab's denn Schönes zu verkasematuckeln und zu picheln?«

»Na, das ist doch egal«, sagte Günter, »aber wisst ihr schon, dass sich Willibald das Rauchen abgewöhnt hat und dabei dermaßen eklig geworden ist wie eine giftige Qualle? Er sagt kein freundliches Wort mehr, und neulich soll er seine Sekretärin so angeschnauzt haben, dass sie kündigen will. Was macht eigentlich der liebe Zander-Junge?«

»Keine Ahnung«, sagte ich, »wir waren ja länger als ein halbes Jahr von Ozean zu Ozean unterwegs. Unser Steuermann hatte übrigens eine mächtige Ähnlichkeit mit Zander-Junge – falls der die Haare immer noch so kurz trägt. Eines Tages, das war im Golf von Guinea, verspürte der Steuermann schrecklichen Durst. Er war gerade in meiner Kabine, und ich gab ihm eine Flasche Bier. In diesem Augenblick ahnte ich natürlich nicht …«

Johannes schlug vor, dass ich ihm auch noch eine Flasche Bier geben sollte.

In diesem Augenblick klingelte es an der Wohnungstür: Carl kam. Er entschuldigte sich zunächst dafür, dass er überhaupt kam, und dann dafür, dass er zu spät kam, und dann dafür, dass er etwas missgelaunt sei, und dann dafür, dass er uns unbedingt sofort einen kurzen Bericht über die Gründe seiner Misslaunigkeit geben müsse.

Der Bericht geriet nicht gar so sehr kurz. Es handelte sich um Rachenmandeln, die Carl als angehender Internist tonsillae nannte und nicht in jedem Fall irgendwelcher inneren Krankheiten herauszuschneiden wünschte (Carl sprach von ektomieren) – im Gegensatz zu seinem Professor. Es kam in dem Bericht auch irgendeine amerikanische Schule vor, und wir waren alle außerordentlich gefesselt, weil niemand von uns an inneren Krankheiten litt und weil wir absolut nichts davon verstanden. Zum Schluss sagte Carl: »Entschuldigt bitte, dass ich euch das so ausführlich erzählt habe; aber ihr werdet sicher zugeben, dass mein Professor ein alter Trottel ist!«

Er wollte sich, da wir nicht sofort antworteten, offenbar schon dafür entschuldigen, dass er uns aufgefordert hatte, seinen Professor für einen alten Trottel zu halten, aber da sagten wir schnell: »Klar, Recht haste. Was will der Olle denn auch mit den ganzen Tonsillen? Der sollte erst mal auf die amerikanische Schule gehen, ehe er hier wie ein Wilder um sich herum ektomiert.«

Dann hatten wir eine kleine Verschnaufpause nötig, die ich listig dazu benutzte, folgende kleine Erzählung zu beginnen: »In Madagaskar hättet ihr dabei sein müssen. Diese Nelkeninsel ist ein herrliches Stück Erde. Wir lagen zwei Tage im Hafen von Andevorante vor Anker. Das Wetter war herrlich, eine leichte Brise erfrischte uns, und …«

»Jetzt wird das Bier langsam warm«, sagte Johannes, »hast du keinen Kühlschrank?«

»Wenn du deine Gattin länger frisch halten willst«, scherzte Günter unvermittelt, »dann leg sie des Nachts auf den Frigidaire. Was macht übrigens dein Annemäuschen, Carl? Studiert die immer noch angewandte Reklame?«

»Ach die!«, seufzte Carl und fügte hinzu: »Entschuldigt bitte, wenn ich das so grob sage! Aber es ist wirklich wahr. Die hat mich so … na, mehr möchte ich wirklich nicht sagen. Entschuldigt bitte, dass ich nicht mehr sagen möchte. Hast du Kognak im Hause?«

»Jawohl, mein Lieber! Ich habe sogar einen echten Cognac Napoleon aus Marseille mitgebracht.«

»Wie ist es denn so in Marseille? Erzähl doch mal!«, bat Artur.

»Mach lieber erst mal die Pulle auf«, sagte Johannes. »Marseille läuft uns ja nicht weg.«

Carl trank einen ziemlich großen Cognac Napoleon und meinte: »Der Schnaps ist gut!«

Daraufhin wurde er von Johannes zur Rechenschaft gezogen, welcher die Ansicht vertrat, nur ein Banause oder ein Internist könne ein so edles Getränk als Schnaps bezeichnen. Während Carl sich dafür entschuldigte, dass er so viel trank, klopfte Artur mir auf die Schulter und sagte: »Mensch, Alter – was ist denn heute bloß mit dir los? Wenn du über Marseille schweigen willst, wirst du ja deine Gründe haben. Aber auf so einer langen Reise wirst du doch irgendwas erlebt haben! Tu doch mal den Mund auf!«

»Ja, das will ich«, rief ich, »als wir vor Djidda im Roten Meer auf der Reede lagen, tuckerte ich mit einer Barkasse an Land, und wisst ihr, wen ich da kennengelernt habe?«

»Entschuldigt bitte, aber ich muss mal«, sagte Johannes.

Carl ging mit.

Ich wartete, bis sie zurückkamen, und dann fuhr ich fort: »Ich wurde König Ibn Saud vorgestellt, der den Hafen besuchte, nachdem er zuvor in Mekka gewesen war. Und das kam ganz plötzlich; ich spazierte über die Mole und …«

»Ganz plötzlich!«, schluchzte Carl. »Genau wie bei meinem Annemäuschen. Entschuldigt, wenn ich euch mit solchen traurigen Geschichten belästige, aber …«

»Aber nein doch«, rief Günter, »erzählen! Immer erzählen!«

Und Carl erzählte von seinem Annemäuschen und einem bösen Konsum-Dekorateur, der sie in sich vernarrt gemacht hatte und so weiter.

Zwischendurch benutzte ich die kleinen Pausen, welche Carl beim Trinken machen musste, um attraktive Bruchstücke meiner Geschichte wie Köder in den Raum zu schleudern: »Da klopfte mir der Herrscher Saudi-Arabiens auf die Schulter und sagte …« Oder: »Da antwortete ich ihm: Mann, Ibn, das können Sie doch nicht machen …« Oder: »Dann gingen Ibn Saud und ich zur nächsten Imbissstube, um uns rasch ein Paar Würstchen …« Und so weiter. Aber das alles nützte nichts.

Als sie endlich die Treppe hinuntergingen, hörte ich Artur sagen: »Da heißt es immer: Wenn einer eine Reise tut, dann kann er was erzählen. Hat er denn von seiner Afrikafahrt nichts mit nach Hause gebracht? Früher konnte er doch ganz lustige Geschichten erzählen. Und heute? Entweder er fing ganz konfuse Sachen an wie dieses Ding mit dem Steuermann, oder er saß stumm wie ein Fisch herum …«

»Jedem bekommt eben das Tropenklima nicht«, brummte Johannes.

Und Carl entschuldigte sich noch in der Haustür dafür, dass er gar nicht wusste, wovon sie überhaupt sprachen.

1974

Ein Alptraum aus dem Opernhaus

Unlängst erlebte ich bei einer Premiere etwas, dessen ich mich öfter und mit gewissem Angstgefühl erinnere. Der Vorgang dauerte nur eine Sekunde und ist wohl gar nicht von jedermann wahrgenommen worden. Als sich nämlich zu Beginn der Vorhang hob, gab er uns den Blick frei nicht nur auf die Dekoration, eine wilde Berglandschaft in sagenhafter Frühzeit darstellend, sondern auch auf einen Mann im braunen Nadelstreifenanzug, der auf der linken Seite der Bühne stand und doch dort, zumindest bei geöffnetem Vorhang, gar nicht hingehörte. Der Mann, durch den Schreck für den Bruchteil einer Sekunde gleichsam erstarrt, rannte (nachdem er die Fassung wieder gewonnen) wie um sein Leben – nicht die paar Schritte zur linken Seite, sondern über die ganze breite Bühne bis zur rechten. Es war gewiss keine aufregende Angelegenheit, jedenfalls nicht für das Publikum, dem sie bloß ein Lächeln entlockte. Aber ganz gewiss für jenen Mann. Ich will mich nicht darüber verbreitern, dass der Regisseur dem Manne vermutlich Prügel angeboten hat, weil der Mann ein Lächeln provoziert hat, das zu Beginn des sehr ernsten Stückes keineswegs am Platze war; auch nicht darüber, dass ihm die Kollegen Bühnenarbeiter (natürlich) eine Lage Bier, wie der Berliner sagt: aus dem Kreuz geleiert haben (denn zünftige Bühnenarbeiter betrachten jede Situation als eine Situation, in der sie rechtmäßig Bier verlangen dürfen).

Was mich bewegt, ist der Schreck des Mannes; den glaube ich ihm nachfühlen zu können. Ich träume davon, wie ich über eine riesige Bühne rasen muss, die ungefähr hundert Meter breit ist. Hundertmeterlauf war noch niemals meine Stärke, und schon gar nicht vor fast tausend Zuschauern, denen ein vorzeitig geöffneter Vorhang den Blick auf mich freigibt, auf mich, den in diesem Augenblick unglücklichsten Mann der Stadt. Endlich habe ich die rettende Gasse erreicht, aber das ist noch nicht des Alpdrucks Ende. Denn wochenlang werden sie mit Fingern auf mich zeigen, in Bahnen, Straßen, Kaufläden: »Das ist er. Das ist der, der immer in seinem braunen Anzug mit Nadelstreifen auf der Bühne steht und dann wegrennt.«

1974

Der Mann, der mal in Schuklibukli war

Nicht der Umstand, dass Kärtner mal in Schuklibukli war, macht mich nervös. Es stört mich auch nicht, dass der Mann außerstande ist, seine große Reise dorthin jemals aus dem Gedächtnis zu verlieren. Welcher Mensch könnte ein so großes Erlebnis denn vergessen! Wer von uns, liebe Freunde, hätte in einer stillen Stunde nicht schon einmal von Schuklibukli geträumt – von jener unvergleichlichen und sagenhaften Stadt an der schroffen Felsküste des Pipaponesischen Meeres, von ihren teils zwiebel-, teils tomatenförmigen Türmen aus dem vierten Jahrhundert vor (oder nach?) der Zeitrechnung, von ihren supermodernen Hotels, von der ersten überirdischen Untergrundbahn der Welt und von den traditionellen Köchen, die auf der Straße überm Holzkohlenfeuer jene berühmten Blupinzschagodeln zubereiten! Ich gestehe offen, dass ich Kärtner wegen seines Aufenthalts in Schuklibukli in ganz ehrlicher und zugleich unanständiger Weise beneide; unsereiner wird in diesem Leben vermutlich niemals in die fantastische Stadt kommen, die Kärtner sehen durfte. Doch dass dieser Bursche unausgesetzt und bei allen passenden, vorzüglich indes bei allen unpassenden Gelegenheiten von seinem Aufenthalt in Schuklibukli ganz ausführlich redet, ist allerdings nur schwer erträglich.*)

Nachmittags beim Kaffeetrinken fragte meine Frau ihre Großtante Clarissa, ob sie noch Kuchen wünsche. Ehe die alte Dame sich zu dieser Frage auch nur mit einer Kopfbewegung äußern konnte, legte Kärtner los:

»Ich glaube, den süßesten Kuchen der Welt bäckt man in Schuklibukli. Sie müssen nämlich wissen, dass ich vor vier Jahren drei Wochen dort war. Schuklibukli! Schon der Name klingt wie exotische Musik. Noch heute sehe ich die verführerisch die Hüften wiegenden Blupinzschagodeln vor mir und spüre in Gedanken den leckeren Duft frisch gebratener schöner Frauen – also umgekehrt, meine ich natürlich.«

Die Tante hatte ihm nicht ganz folgen können, und so erklärte Kärtner noch einmal langsam zum Mitschreiben, was er erzählt hatte. Der Erfolg war verhältnismäßig gering, da die Tante nicht zu begreifen vermochte, weshalb in Schuklibukli Pagoden gebraten werden. Dieserhalb war der große Weltreisende zu unser aller Glück leicht beleidigt und verließ ziemlich schnell die Kaffeetafel.

Ein andermal traf ich Kärtner bei einem populärwissenschaftlichen Vortrag, den ein Forscher auf dem Gebiet der kortikoviszeralen Pathologie und Therapie über das Thema »Schlaf und Dauerschlafbehandlung« hielt. Im Abschluss an die Ausführungen des Redners wurde das Auditorium zur Diskussion aufgefordert. Als erster meldete sich Kärtner.

»Ich stimme dem geschätzten Herrn Dr. Bettmann«, sagte er, »aus vollem Herzen zu. Der Schlaf ist eine der wichtigsten Kraft- und Regenerationsquellen des Menschen, und dies nicht nur hier bei uns in Mitteleuropa. Ich darf dafür ein Beispiel geben. In Schuklibukli, der wunderschönen Hauptstadt von Quakistan an den Gestaden des Pipaponesischen Meeres, hält man es so, dass … Vielleicht muss ich vorausschicken, dass ich vor vier Jahren mehrere Wochen dort gelebt und natürlich auch geschlafen habe. Aber wie? Nun, hier wäre es wohl angebracht, dass ich ein bisschen weiter aushole. Zu den Nationalgerichten der Quakistaner gehört, wie Sie vielleicht schon aus der einschlägigen Reiseliteratur oder aus meinen damals veröffentlichten bescheiden der Sache dienenden Leserbriefen wissen, die Blupinzschagodel. Die Blupinzschagodel ist ein ganz einmaliges Gericht, welches von Straßenköchen auf Holzkohlenfeuer zubereitet wird. Als nun ich nach Schuklibukli kam, wo mich schon auf dem Flughafen der Oberbürgermeister in Begleitung seines Stellvertreters sowie des Senators für Hochwasser und öffentliche Gitarrenmusik empfingen, da ahnte ich noch nicht, dass …«

Als Kärtner nach einer halben Stunde endlich das Rednerpult verließ, ohne übrigens ein einziges Wort über die Schlafgebräuche oder das Schlafbedürfnis der Bürger von Schuklibukli gesprochen zu haben, war der Referent Dr. Bettmann auf seinem Stuhl fest eingeschlafen, und die Diskussion musste aus diesem Grunde abgebrochen werden.

Kärtner trieb es arg und ärger. Ich erinnere mich noch an einen literarischen Wettbewerb, den der Verlag »Bücher von heute« ausschrieb, um zu Manuskripten zu kommen, die innerhalb der Serie »Das rechte Wort zur rechten Zeit« unter dem Titel »Kosmonauten-Almanach« erscheinen sollten.

Der große Kenner der Pipaponesischen Gestade nannte seine Arbeit ganz schlicht »Blupinzschagodeln und Weltraum«. In der Einleitung teilte der Verfasser mit, dass er vor vier Jahren drei Wochen lang in Schuklibukli gewesen sei, und dann hieß es: »Vielleicht ist es ein Zufall, dass noch keiner der mutigen Kosmonauten die herrliche Hauptstadt von Quakistan jemals direkt überflogen hat. Vielleicht ist es auch kein Zufall. Wie dem auch sei, die Holzkohlenfeuer der Straßenköche von Schuklibukli blinzeln seit Jahrhunderten in den Weltraum hinauf.« Es folgten einhundertachtundzwanzig von Kärtner zusammengestellte Rezepte für die Zubereitung von Blupinzschagodeln.

Die Sache ging aber noch weiter. Bei unserem nächsten Zusammentreffen lächelte mich Kärtner bedeutungsvoll an und fragte: »Schon gehört?« Ich sagte ihm, ich hätte schon gehört, dass er mal in Schuklibukli gewesen sei. »Das hatte ich Ihnen wohl beiläufig mal erzählt«, meinte er, »aber das meine ich nicht. In der Zeitung stand, dass wir zu Quakistan eventuell konsularische Beziehungen aufnehmen werden. Ich habe mich um das Amt eines Generalkonsuls in Schuklibukli beworben. Wer sonst als ich, der immerhin …« Ich rannte sofort weg und versteckte mich im nächsten Hausflur und dann sicherheitshalber auf dem Hof hinter einer Mülltonne.

Aber Kärtner kann keiner entgehen; er meldete sich wieder zu einem Besuch an. Was tun? Ich lud einen ihm unbekannten, seriös aussehenden Mann dazu, und wir dachten uns eine Kleinigkeit aus. Kärtner erschien, rauchte eine Zigarette und fing, da wir gerade die wirtschaftliche Entwicklung Grönlands erörterten, sofort mit seinem verdammten Schuklibukli an. Da unterbrach ihn der seriöse Mann wie verabredet folgendermaßen: »Sie reden da immerfort von Blupinzschagodeln. Wahrscheinlich meinen Sie Schapinzgobludeln – so heißen die Dinger nämlich in Wirklichkeit!«

»Erlauben Sie mal!«, empörte sich Kärtner. »Wer wie ich vor einigen Jahren viele Wochen da unten war, wird doch wissen, dass …«

»Ich erlaube gar nichts«, sagte der seriöse Mann, »denn ich bin in Schuklibukli geboren und auch dort aufgewachsen. SCHAPINZGOBLUDELN! Verstanden?«

Kärtner verabschiedete sich sofort, nörgelte indes noch an der Wohnungstür: »Kunststück – wenn der dort geboren und aufgewachsen ist – Wichtigtuer!«

Immerhin redet er seither hauptsächlich über die Leute, Kochrezepte und sonstigen Probleme von Peesenporst bei Knusselfelde. Da kennt er sich nämlich aus. Da ist er sogar geboren.

* *Wir hatten mal eine Tante namens Ernestine, welche zeitlebens unter der Zwangsvorstellung litt, sie müsse alle Speisen, handle es sich nun um Pflaumenkuchen, Kartoffelpuffer, Rühreier, Nudelsuppe oder Spinat, unbedingt mit geriebener Muskatnuss würzen; selbst ihr so genannter Kaffee hatte einen fatalen Beigeschmack von Muskatnuss. Ähnlich wie jene Tante verfährt Kärtner in Gesprächen jeder Art mit seinen unvermeidlichen Erinnerungen an Schuklibukli.*

1975

Kröpelmann ahoi!

Sechs Monate auf See! Ja, Leser, so wahr ich lebe, sechs Monate kein Land gesichtet: auf Jagd nach dem Pottwal unter der sengenden Sonne des Äquators, auf den Wogen des weithin rollenden Stillen Ozeans umhergeworfen – den Himmel über uns, die See um uns, und weiter nichts!

Herman Melville »Taipi«

Bromme schlich wie ein nasser Hund durch das Seebad. Er fröstelte und fühlte sich angewiesen auf irgendein Mitleid, das niemand mit ihm hatte und haben konnte und das er andererseits verabscheute. Es ist verhältnismäßig bequem, eine Sache zu verabscheuen, die man sowieso nicht kriegen kann. Bromme war bis in den Grund seines Wesens hinein enttäuscht von diesen Ferien, die er sich als eine harmlose, doch intensive Orgie ausgemalt hatte, zu deren Bestandteilen Sonnenbrand, endlose Federballspiele, das selbstvergessene Hüpfen in der Brandung und Barbesuche gehörten, gewürzt von geheimnisvollen Mixgetränken mit letztlich vernichtender Wirkung.

Nichts von alledem war ihm beschert worden. Die Brandung brandete zwar, aber ihr Gischt lud so wenig zum Hüpfen ein wie eiskalter Schnee; die Sonne war mit Wolken zugehängt wie ein Schaufenster während der Arbeit der Dekorateure, und der Wind kam nicht gegen diese Wolken an, aber zweifellos hätte er jeden Federball unverzüglich bis nach Skandinavien geblasen oder, je nachdem, auch in Richtung Nordsee oder zu den Balearen.

Und mit wem wohl hätte Bromme Federball spielen sollen? Nun gab es in dem Ferienheim, das ihn aufgenommen hatte, ein Fräulein Schallheim aus Wolfen. Bromme war von Fräulein Schallheim, die bei den mit krankenhausüblicher Pünktlichkeit verabfolgten Mahlzeiten neben ihm saß, nicht unbeeindruckt, teils wegen ihrer Intelligenz (denn Bromme hielt alle Frauen, die keinen ausgesprochen dummen Eindruck machten, für intelligent), teils wegen ihrer bestrickenden Pullover, die Fräulein Schallheim eigener Auskunft zufolge an langen Wolfener Abenden selber angefertigt hatte. Indes die brünette junge Dame interessierte sich für nichts weniger als für das Federballspiel, Sonnenbrände oder Bargetränke. Tatsächlich schwärmte sie ausschließlich für frische Luft. Bromme war noch nie einem Menschen begegnet, der so bewusst und genießerisch atmete wie Fräulein Schallheim.

»Ich nehme an«, sagte er eines Tages anlässlich einer versalzenen Erbsensuppe zu ihr, »dass Sie luftsüchtig sind. Es ist vielleicht nicht das Allerschlimmste, aber ich wüsste nicht, wie man das heilen kann.«

Fräulein Schallheim fragte ihn, ob er jemals in Wolfen gewesen sei. Nein, er war niemals in Wolfen gewesen. Er erfuhr, dass dort unter anderem Farben, Lacke, Schädlingsbekämpfungsmittel und Schwefelsäure hergestellt werden.

»Luft«, sagte Fräulein Schallheim, »gibt es in Wolfen so gut wie gar nicht – ich meine: wirkliche Luft wie hier.« Und dann fing sie wieder so kraftvoll zu atmen an, als gelte es, für die gesamte in Wolfen verbliebene Bevölkerung (1963: 18.260 Einwohner) Luft zu tanken. Bromme wollte da nicht mithalten, die Dame brachte ihn schon vorzeitig aus der Puste, und so verwarf er alle jene netten Pläne, die er in Bezug auf ihre Person beiläufig entworfen hatte.

Und nun regnete es. Es regnete, regnete und regnete. Bromme, der als junger Mensch (in Ermangelung anderer Lektüre) einmal die Bibel gelesen hatte, wünschte sich, dass er jener Elia aus dem Brief des Jakobus sei: »Elia war ein Mensch gleich wie wir; und er betete ein Gebet, dass es nicht regnen sollte, und es regnete nicht auf Erden drei Jahre und sechs Monate.« Bromme wäre schon mit einer kurzfristigeren, auf seinen dreiwöchigen Urlaub bezogenen Regen-Freiheit zufrieden gewesen. Aber er betete nicht, erstens weil er nicht genau wusste, wie man das macht, und zweitens, weil ihn die schreckliche Ahnung plagte, dass es womöglich noch länger, schrecklicher und durchdringender regnen könnte, falls ausgerechnet er, der bei keiner Kirchengemeinschaft als zahlendes Mitglied geführt wurde, den Antrag auf dreieinhalb Jahre Trockenheit stellen würde. Denn Bromme, der sich viel auf seine Ungläubigkeit zugute hielt, glaubte auf eine merkwürdige Weise an eben diese seine Ungläubigkeit.

Der nasse Strandläufer eilte in sein kühles Zimmer, trocknete sich ab, kroch in seinen klebrigen Regenmantel und stülpte eine Baskenmütze auf, einen sogenannten Bibi, den er daheim in Berlin niemals trug, weil er damit seiner besten Freundin lächerlich vorkam, und Lächerlichkeit eines Partners kann die beste Freundschaft zerstören. Dann ging er zum Hafen, um herauszufinden, ob er mit irgendeinem Schiff irgendwohin fahren könne, wo er noch nicht gewesen war. Die kleine und die große Hafenrundfahrt hatte er bereits in den vergangenen Tagen absolviert; der Schiffsführer hatte dabei alle großen, teils aus exotischen Fernen herangeschwommenen Frachter und Tanker detailfreudig erläutert. Sehen konnte man diese imposanten Schiffe nicht oder fast nicht, weil der Regen pausenlos gegen die Scheiben klatschte und den Blick der Rundfahrer trübte; so war aus der Besichtigungstour lediglich eine Art von Hörspiel geworden. Bromme hatte auch an einer »Fahrt in See« teilgenommen, auf welcher ihm trotz des verhältnismäßig milden Seegangs von dem an Bord genossenen Kaffee-Ersatz, aufgebrühter Blumenerde scheinbar oder gekochtem Unkrautvernichtungsmittel, und vom Anblick des sauertöpfischen Kellners übel geworden war. Das Auftreten dieses Kellners, der ganz offensichtlich lieber als Steward in der ersten Klasse eines Luxusdampfers gereist wäre und Trinkgelder in Form von damals noch halbwegs wertbeständig scheinenden Dollars oder halbierten Goldbarren entgegengenommen hätte, wirkte unmittelbar gesundheitsschädigend, zumindest auf Bromme. Wohin also heute?

An der Anlegestelle der Ausflugsschiffe meldete ein Plakat: »Mit MS Phönix täglich zweimal nach Kröpelmann! Und zurück! Abfahrt: 10 Uhr und 16.30 Uhr. Preis pro Fahrgast: 1 Mark 50. In Kröpelmann die bekannte Gastronomie für verwöhnte Ansprüche! Die Fahrten beginnen am alten Kai, Steg No. 1.« Bromme, dessen verwöhntester Anspruch derzeit darin bestand, sich an einem einigermaßen trockenen Ort aufzuhalten, und sei es an Bord des Motorschiffs Phönix, machte sich auf die Suche nach dem alten Kai, den er dank der freundlichen Hinweise einiger alteingesessener Küstenbewohner nicht fand, bis ihm endlich ein freundlicher Tourist aus Dresden, der zum ersten Mal hier war und seinen bunten Campingbeutel an einem medaillenverzierten Knotenstock geschultert hatte, genau Bescheid sagte. Kurz vor halb fünf traf Bomme am Steg No. 1 ein, wo er zu seiner Freude MS Phönix erblickte. Das Gefährt hatte die Form einer überdimensionalen Badewanne und durfte laut amtlicher Beschilderung unter seinem glücklicherweise vorhandenen Dach 51 Personen befördern. Dieser Phönix sah nicht gerade so aus, als sei er soeben aus der Asche gestiegen oder aus jenem Rost, der ihn wie eine braune Unterhose bekleidete, aber er wirkte nichtsdestoweniger recht wasserdicht und sogar schwimmfähig.

An Bord des schaukelnden Wasserfahrzeugs befand sich nur ein einziger Mensch, ein unrasierter und sichtlich sehr müder junger Mann, der eben versuchte, sich eine Zigarette zu drehen. Bromme hielt ihn für einen Landstreicher, welcher das bei diesem Wetter wenig frequentierte Motorschiff mangels besserer Gelegenheit zu seinem Nachtquartier erwählt hatte. Er bot dem jungen Mann eine fabrikmäßig hergestellte Zigarette an und fragte: »Ob dieses Ding heute ohne Publikum und bei diesem Scheißwetter überhaupt fahren wird?«

»Doch«, sagte der Landstreicher.

»Das ist ja großartig. Ich habe keine Ahnung, wer oder was dieser Kröpelmann ist, aber ich möchte es ganz gern wissen.«

Der junge Mann zog an der Zigarette und schwieg.

»Wir warten wahrscheinlich noch ein bisschen, wie? Ob noch andere Passagiere kommen.«

»Nö.«

»Na, das ist ja auch egal«, sagte Bromme, nur um eben irgendwas zu sagen, »hier regnet es wenigstens nicht rein, nicht wahr. Das ist ja auch was wert. Der Kahn schaukelt ganz nett, finde ich. Ihnen macht das wohl nichts weiter aus? Vielleicht sind Sie das gewöhnt. Wenn man es gewöhnt ist, macht es einem wohl nichts mehr aus. Auf meiner Uhr ist es zehn nach halb fünf. Es scheint, wir warten doch noch auf jemand. Oder?«

Der junge Mann nickte bejahend. Es war ihm anscheinend zu anstrengend, »Ja« zu sagen. Bromme überlegte, wann sich sein Gegenüber zum letzten Mal rasiert haben mochte, und dann sagte er: »Ich will Ihnen natürlich nicht auf den Wecker fallen, aber wissen Sie vielleicht zufällig, ich meine, es könnte ja immerhin sein, dass Sie es wissen, also auf wen wir warten?«

»Auf den Käptn«, sagte der Landstreicher und drückte die Zigarette an seiner Schuhsohle aus.

In diesem Augenblick betrat ein etwa vierzigjähriger Mann mit der Haltung eines Hochseefischers die Phönix; er hatte ein lustiges rotes Gesicht, trug eine ehedem vermutlich weiße Schirmmütze und rief mit rauher Stimme: »Vadder is da. Und schon geht's los!« Der vermeintliche Landstreicher warf den Motor an, er war nämlich der Bootsmann. Der Käptn machte die Leinen los, und die Phönix knatterte den grauen Regenschwaden entgegen, die wie schmutzige Gardinen über der Weite des Boddens hingen. Der unrasierte junge Mann war nach oben geklettert, um sich am Steuerrad festzuhalten.

»Also ich bin nämlich der Käptn hier«, sagte der Käptn, »und wer sind Sie, und wo wollen Sie hin?«

»Also ich bin Bromme«, sagte Bromme, »und ich will nach Kröpelmann, falls Sie dahin fahren. Was ist das eigentlich – Kröpelmann?«

»Tja, das ist ein Ort und eine Kneipe. Also keine Ortschaft, sondern ein Punkt im Gelände, und heißt Kröpelmann, weil … äh … haben Sie mal Feuer?«

»Bitte. Weil was?«

»Wie – weil was? Ach so. Tja, weil er eben schon immer Kröpelmann geheißen hat, nöch. Die Kneipe ist sehr gut. Wenn es da was zu essen gibt, kann man da auch essen, nöch. Manchmal gibt es was. Aber zu trinken haben sie immer.«

»Lohnt sich denn das, bloß meinetwegen nach Kröpelmann zu fahren?«, fragte Bromme.

»Kröpelmann lohnt sich immer. Außer montags, da ist die Kneipe zu. Aber heute ist ja Freitag, nöch. Und hinfahren müssten wir sowieso, weil wir die Leute abzuholen haben, die seit unserer ersten Tour dort sind. Die kommen ja sonst nicht von Kröpelmann weg, nöch. Zum Beispiel diese Artisten. Das sind vielleicht ein paar Typen, sage ich Ihnen! Der mit dem Bierdeckel-Trick war schon heute Morgen um zehn halb blau.«

Bromme wollte wissen, was das für ein Bierdeckel-Trick sei, doch der Käptn konnte ihn »mit Worten einfach nicht erklären, nöch«, war aber ziemlich sicher, dass der Künstler den Trick nachher gern wiederholen würde.

»Der lässt sich da gar nicht lange bitten«, sagte der Käptn, »das ist ein netter Kerl, jedenfalls solange er genügend Bierdeckel zur Hand hat.«

»Wo sind wir jetzt?«, fragte Bromme.

»Jetzt? Jetzt sind wir aufm Bodden. Und nachher sind wir in Kröpelmann. Da ist noch so ein Artist, den werden Sie vielleicht kennen. Es ist ein ziemlich Oller, und er nennt sich Pieps, der fröhliche Zwitscherer. Der kann flöten wie eine Amsel und so weiter. Mir ist so komisch, ich glaube, ich hab Durst. Sie sind wohl aus Berlin?« Bromme nickte, und der Käptn rief zu seinem Steuermann hinauf: »Sind wir wohl bald da?« Die Antwort von oben lautete: »Ho«, was genauso gut »Ja« oder »Nein« bedeuten konnte.

»Er fährt ganz gut, nöch?«, sagte der Käptn. »Bloß er kann nicht allein fahren, das heißt allein fahren könnte er schon, aber das darf er nicht, weil er kein Patent hat. Deshalb muss ich immer mitfahren. Ich hab nämlich ein Patent. Ich bin berechtigt, wissen Sie?«

»Aha. Haben Sie Ihr Patent bei sich?«

»Nö«, sagte der Käptn, »da könnte es nass werden. Aber hier weiß jeder, dass ich das Patent habe, und das genügt ja, nöch.

Warum sind Sie hergekommen? In Berlin ist es doch wunderschön, da würde ich nicht hierherfahren an Ihrer Stelle. Es kommt mir so vor, als würde meine Kehle vor lauter Trockenheit Risse kriegen. Mein Neffe wohnt in Berlin, den habe ich vorigen Monat besucht. Hat mir großartig gefallen. Metropoltheater und so. Und alle diese neuen Springbrunnen. Das Wasser – einfach herrlich!«

»Was machen Sie denn hier so, wenn Sie gerade nicht wegen Ihres Patents mitfahren müssen?«

»An und für sich fahre ich hier so einen kleinen Seenot-Rettungskreuzer. Da hab ich auch ein Patent für, nöch. Aber jetzt ist nicht viel zu retten, weil gerade keine Segelregatta ist. Da sitzt man meistens bloß rum wie so ein Feuerwehrmann, wenn's nicht brennt, nöch. Und da mach ich eben mal das hier. In Berlin haben wir eine Fahrt mit der Weißen Flotte gemacht. Prima, prima!«

»So, da müssen Sie Leute aus Seenot retten? Alle Achtung. Das ist ja eine verantwortungsvolle und aufregende Arbeit. Da haben Sie bestimmt schon tolle Sachen erlebt?«

»Na ja«, sagte der Käptn. »Wir waren auch auf dem Müggelturm, Kaffee trinken. Da hat einer ja eine wunderbare Aussicht auf den ganzen Müggelsee. Du lieber Mann! Das ist vielleicht ein gewaltiger See ist das. Donnerwetter!«

»Waren Sie in diesem Jahr schon mal im Einsatz mit Ihrem Rettungsschiff?«

»Nö«, sagte der Käptn, »das heißt: doch. Drei- oder viermal, glaube ich. Wie heißt denn der Kahn, auf dem wir gefahren sind …? Ah, jetzt fällt's mir wieder ein: Bertolt Brecht. Ein schmuckes und flottes Schiff. Mit einem hübschen Salon. Intarsien und alles, das muss man schon sagen. Und wie der Schiffsführer seinen Kasten durch den engen Kanal bei Neu-Venedig gesteuert hat, das war einfach gekonnt. Hübsch dort, sehr hübsch! Diese niedlichen kleinen Bungalows haben mir sehr gut gefallen. Auch in den Gärten sieht man richtig die Liebe, die in jeder Blume steckt. Jetzt wird es aber Zeit, dass wir was zu trinken kriegen.«

»Ist Ihr Notdienst nicht oft auch für Sie gefährlich?«, fragte Bromme.

»Ach nö. Ich geh schon nicht unter. Kennen Sie die Große Krampe? Da sieht man entzückende kleine Sportboote, kann ich Ihnen sagen. Tja, da müsste unsereins mal seinen Urlaub verbringen können.«

»Ich weiß nicht recht«, seufzte Bromme, »aber ich muss Ihnen gestehen, dass ich schon in meiner Kindheit für die weite, wilde See geschwärmt habe. Und daran hat sich bis heute nichts geändert.«

»Nanu?«, sagte der Käptn und schwieg für kurze Zeit. Dann sprang er auf und bohrte seinen Zeigefinger in den Dunst vorm Bug und rief fröhlich: »Sehn Sie mal da vorne hin! Das ist nun Kröpelmann, nöch. Ahoi!«

Die Phönix wurde angebunden, und die drei Männer schritten auf einem glitschigen Fußweg zuversichtlich der Kneipe entgegen.

Das Lokal war erfüllt von lauten Leuten, Bierdunst und feuchter Wärme. »Da hinten in der Ecke sind die Kadetten von der Konzert- und Gaststättendirektion«, sagte der Käptn und stellte Bromme dem Bierdeckel-Künstler »König Hepp« sowie dem fröhlichen Zwitscherer und einigen anderen Herrschaften vor, deren Namen Bromme nicht verstand oder gleich wieder vergaß.

»Sie sehen so musisch aus«, sagte König Hepp, »und daher kennen Sie sicher meinen berühmten Originaltrick mit den Bierdeckeln. Den habe ich mir einst als junger Mann persönlich ersonnen.«

Bromme dachte darüber nach, wie lange das her sein könnte; er schätzte den Bierdeckel-König auf Ende siebzig.

»Aber ich mache Ihnen die Nummer gern mal vor. Wirklich, es macht mir gar keine Mühe. Chef! Lang mal einen Satz Bierdeckel rüber!«

»Der Chef ist besoffen«, sagte die Serviererin, die das Gewünschte brachte. Der alte König warf einen Bierdeckel nach dem andern wie Bumerangs in die Luft, und überraschenderweise landeten einige davon auf seinem Kopf, die meisten allerdings gingen auf der Theke oder im Spülbecken nieder, und ein paar flogen aus dem Fenster. »An und für sich«, erläuterte der Artist, »müssen sich die Dinger auf meinem Kopf aufstappeln. Das ist nämlich der Trick. Aber hier zieht es so gemein, da klappt die Sache nicht hundertprozentig.«

»Nun hör doch endlich auf mit dem Quatsch«, nörgelte der fröhliche Pieps, ein ungemein mürrisch dreinblickender Herr mit zerknitterten Gesichtszügen, »das ist ja sterbenslangweilig. Ich werde euch jetzt mal kurz einen zwitschern, und dann zwitschern wir alle zusammen einen, verstanden!«

Er legte mit seiner Flöterei los, und Bromme fand, dass es sich nicht gerade anhörte wie eine Amsel, aber es war ganz hübsch. Der fröhliche Zwitscherer bestellte eine Runde Schnaps, doch König Hepp sagte zu Bromme: »Ich trinke keinen Alkohol, weil ich einen klaren Kopf behalten muss. Ich nehme Pfefferminzlikör, danach riecht man auch nicht so.« Bromme bat um Selters, aber Selters gab es nicht, und so trank er auch Pfefferminzlikör. Der Käptn trank an der Theke etwas aus einem Wasserglas, es schien jedoch, wie sich später herausstellte, kein Wasser zu sein. Der Steuermann kriegte Kaffee.

Ein Mädchen, das seine hübschen Augen mit künstlichen Schatten von einem geradezu überwältigenden Lila umrandet hatte, wollte etwas zu essen haben, aber der Chef war nicht bereit, seine letzte Bockwurst heiß zu machen. »Die Sicherung für den Kocher ist kaputt«, erklärte er, »und ich weiß nicht, wo hier eine Sicherung sein könnte, die noch nicht kaputt ist.« Bromme schenkte dem Mädchen einen Keks, den er in der Tasche seines Regenmantels gefunden hatte, und wurde dafür mit einem viel versprechenden Blick belohnt. Es blieb übrigens, um das vorwegzunehmen, bei diesem Versprechen.

»Warum heißt dieser Ort Kröpelmann?«, fragte Bromme den Chef des Hauses.

»So?«, sagte der. »Dieser Ort heißt Kröpelmann? Ich kann mich dazu nicht weiter äußern. Wir sind nämlich bloß in der Saison hier. Aber heute ist Feierabend, und wir wollen nach Hause.«

Dann brüllte er in die Schankstube: »He, Leute, trinkt aus! Das Schiff legt jeden Moment ab. Wer hierbleiben will, wird von den Wölfen gefressen werden.«

Die Gäste nahmen diese Mahnung sehr ernst. König Hepp verschluckte sich bei dem Versuch, einen halben Liter Bier in einem Zuge auszutrinken, denn dies war ein Trick, den er nun ganz und gar nicht beherrschte, woran wahrscheinlich auch die Zugluft schuld war.

Der Käptn verließ, wie es sich gehört, als letzter die Kneipe, wobei er das Wasserglas fallen ließ. Dann sperrte der leicht schwankende Chef die Türe ab, und die Kolonne marschierte zur MS Phönix. Bromme staunte, wie alle diese Menschen auf dem Boot Platz fanden. Zweifellos waren mehr als die genehmigten einundfünfzig Leute an Bord. Etwa hundertzwanzig Passagiere, schätzte Bromme, aber dem Schiff machte das nichts aus.

Als die Phönix ablegte, war es dunkel geworden, und es regnete auch nicht mehr so stark.

Bromme sagte zum Käptn: »Ich habe noch gar nicht bezahlt. Sie kriegen eine Mark fünfzig, nicht wahr?«

»Lass mal gut sein, nöch«, sagte der Mann mit dem Patent, »ich werde doch einem Berliner kein Geld abnehmen. Tja, wenn dies so ein schönes Schiff wäre wie irgendeines von eurer Weißen Flotte, das wäre etwas anderes. Aber so bist du mein Gast, verstanden. Ich heiße Manfred. Kannst auch Fredy zu mir sagen. Und wie heißt du?«

»Ich heiße nun mal Willi«, sagte Bromme und sehnte sich insgeheim nach irgendeinem Getränk, das nicht nach künstlichem Pfefferminz schmeckt. In der überfüllten Kajüte fing ein Disput zwischen den beiden bejahrten Artisten an, der sogleich in einen Streit ausartete und von den Anwesenden mit schweigender Spannung verfolgt wurde wie ein Tischtennis-Match. König Hepp hatte behauptet, jeder Idiot sei imstande, wie eine Amsel zu zwitschern, und der Meister Pieps äußerte daraufhin lautstark die Meinung, es sei schlechthin eine Unverschämtheit, in Gegenwart erwachsener Menschen immerzu Bierdeckel durch die Gegend zu schmeißen und dann noch zu behaupten, es handle sich um einen künstlerischen Originaltrick.

»Nun halt mal gefälligst die Luft an, du müde Amsel!« sagte König Hepp, »wenn du mir etwas zu sagen hast, dann brauchste das nicht vor all den Leuten hier zu machen. Komm, wir gehen einen Moment raus und klären die Sache unter uns.«

Damit öffnete er die Schiebetür und schickte sich an, ins Freie zu treten.

»Um Himmels willen, ihr Dussels, wo wollt ihr denn hin?«, brüllte der Käptn.

»Wir gehen nur mal einen Moment raus«, sagte der Zwitscherer, »wir haben da was zu bereden.«

»Wohin raus?«, fragte der Käptn.

Hepp sagte mit erkünstelter Gelassenheit. »Na, aufn Hof natürlich, Herr Admiral.«

Der Käptn packte die beiden Artisten an den Armen und schrie: »Da draußen ist kein Hof, ihr Clowns! Da draußen ist der Bodden, Menschenskinder.«

Da verschoben sie ihre Debatte auf einen späteren Zeitpunkt.

Es war still geworden auf dem kleinen Schiff. Einige Fahrgäste, die in der Kröpelmann-Kneipe seit elf Uhr vormittags ihre verwöhntesten gastronomischen Ansprüche befriedigt hatten, schliefen schon. Bromme überlegte, was Fräulein Schallheim jetzt wohl machen würde, und der Käptn schwieg melancholisch. Beide starrten in die Finsternis hinaus. Kröpelmann lag schon weit hinter ihnen, und um sie herum war nur Finsternis, gegen die auch die Schiffslaternen nicht viel ausrichten konnten.

Plötzlich richtete sich König Hepp auf und sprach drohend: »Hast du gehört, Pieps, wie er uns genannt hat? Er hat uns Clowns genannt!«

»Na warte!« sagte der fröhliche Zwitscherer.

Einige ältere Damen baten mürrisch um Ruhe, und es trat wieder Stille ein an Bord der Phönix.

Der Käptn tippte Bromme auf die Schulter. »Weißt du eigentlich, dass es in Finnland einen Berg gibt«, fragte er, »der Puplanka heißt? Der heißt tatsächlich Puplanka.«

»Nein«, sagte Bromme, »das wusste ich nicht, Fredy. Warum?«

»Ach, nur so. Es fiel mir gerade ein, nöch.«

Bromme gähnte.

Dann rempelte das Motorschiff an den alten Kai. Der Käptn und sein Bootsmann halfen den Leuten beim Aussteigen. »Ich muss mal«, sagte er, »musst du auch?« Bromme musste auch, und sie gingen zusammen hinter einen Busch.

Als sich Bromme nachher auf der Strandpromenade von Fredy verabschiedete, sagte er: »Schade, dass du dein Patent nicht dabei hast. Ich hätte gern mal so ein Patent gesehen. Na, ist ja auch egal.«

»Es sieht aus wie jedes andere Stück Papier auch«, sagte der Käptn, »und es kommt ja schließlich nicht auf das Papier an, nöch. Also wenn ich wieder mal nach Berlin komme, rufe ich dich an, und wir fahren zusammen mit der Fähre von Grünau nach Wendenschloß. Mein Neffe wohnt nämlich in Grünau. Gute Nacht, Willi.«

»Gute Nacht.«

Bromme ging zum Ferienheim. Fräulein Schallheim saß noch in der Halle und strickte an einem neuen Pullover.

»Wo waren Sie denn?«, fragte sie freundlich.

»Ich war mit der Phönix in Kröpelmann.«

»War es schön? Wie war die Luft dort?«

»Die Luft«, sagte Bromme, »die Luft war ziemlich dick.«

»Na, dann ist es ja gut«, meine Fräulein Schallheim, »dass ich nicht mitgefahren bin.«

Bromme blieb neben ihrem Sessel stehen. »Da mögen Sie recht haben«, sagte er, »aber vielleicht sollten wir morgen mal zusammen etwas unternehmen.«

»Vielleicht«, sagte Fräulein Schallheim. Dann packte sie ihr Strickzeug zusammen und ging nach oben. Bromme folgte ihr, und ehe er sein Zimmer aufschloss, winkte er ihr zu. Er zog sich gleich aus und kroch ins Bett. Während er spürte, wie ihm angenehm warm wurde, dachte er daran, dass er Kröpelmann noch eine ganze Weile im Gedächtnis behalten würde, obwohl an Kröpelmann eigentlich überhaupt nichts Besonderes war, aber er hatte auch das sichere Gefühl, dass er diesen Ort wahrscheinlich niemals wiedersehen würde.

Er knipste die Nachttischlampe aus und lauschte dem Rauschen der Brandung. Ich könnte eigentlich später mal nach Wolfen fahren, dachte er, aber dann fiel ihm ein, dass es dort fast gar keine Luft geben soll. Ganz flüchtig kam ihm die Stadt Berlin in den Sinn. Bei dem Gedanken an Neu-Venedig schlief er ein.

1975

Die große Nummernkontrolle

Es war ein schöner Nachmittag, wir fühlten uns alle ziemlich wohl in diesem Ferienheim; mittags hatte es gebratene Leber mit Zwiebeln und Kartoffelbrei und roten Beten und Pudding und vorher Gemüsesuppe gegeben.

Zwölf Ansichtskarten hatte ich schon beschriftet. Auf das Bild des Hauses malte ich ein kleines Kreuz an ein gewisses Fenster: Hier wohne ich. Das war wichtig, damit sie sich zu Hause alles richtig vorstellen konnten. Ich wohnte allerdings gar nicht da, wohin ich die kleinen Kreuze malte, denn mein Zimmer war auf der anderen Seite des Hauses, die konnte man auf dem Bild nicht sehen. Aber was machte das schon? Hauptsache, sie konnten sich zu Hause alles richtig vorstellen.

Und dann klopfte es, ein ganz langer und dünner Mann trat ein. Ich fragte: »Was kann ich für Sie tun?«, obwohl ich, um ehrlich zu sein, gar keine Lust hatte, irgend etwas für ihn oder überhaupt irgend etwas zu tun, denn ich hatte ja Urlaub, die Postkarten waren fertig, und Abendbrot gab's noch nicht. Er sagte: »Es ist nur wegen der Nummern. Ich muss das sozusagen überprüfen. Vielleicht erlauben Sie, dass …? Es dauert nicht lange, nicht wahr, was sein muss, muss sein, und so weiter. Also dann, nicht wahr!« Was wollte dieser Mann?

»Sicher ist Ihnen der Begriff ›Intourist‹ ein Begriff«, sagte er, »und was nun mich betrifft, so bin ich ein Inventurist, ha. Also ich muss hier nachsehen, ob noch alles da ist, nicht wahr, und ob die

Nummern stimmen. Wo befindet sich das Inventarverzeichnis für diesen Raum?«

Ich hatte keine Ahnung, aber nachdem wir eine Viertelstunde lang alle Möbel hin und her geschoben hatten, entdeckten wir das Inventarverzeichnis an der Rückseite des Kleiderschranks, es war dort angenagelt. »Gut«, sagte er, »also dann, nicht wahr! Haben Sie ein Bett hier?« Ich erklärte ihm, dass ich auf einem bestimmten Möbel geschlafen hätte und dass es sich da wahrscheinlich um ein Bett handle, und er fand es einfach großartig, dass mit seiner Inventur alles so wunderbar klappte. Nur die Nummer des Betts fand er nicht, und die war nun gerade das Allerwichtigste, denn Gegenstände ohne Inventarnummern durfte er in seinen Akten nicht abhaken. »Ein Bett ohne Nummer ist wie ein Kind ohne Vornamen«, scherzte er. Wir schraubten das Bett auseinander und fanden die Nummer hinten rechts unter der Matratze; das Bett hieß, »10 106«. Die Nummer des Tisches war an der Unterseite der Schublade befestigt, die deshalb etwas klemmte. Wir fanden auch allerhand Nummern an Stuhlbeinen, Kopfkissenbezügen, Wandlampen und Scheibengardinen.

»Was ist denn das da?«, fragte er und wies mit seinem dünnen Finger bedeutungsvoll in die Ecke. »Ein Korb«, sagte ich, »und im Innern desselben befindet sich geknülltes Papier. Vielleicht handelt es sich um einen sogenannten Papierkorb – oder?«

Er war entzückt über meine ebenso knappe wie treffende Definition des fraglichen Objekts und sprang vor lauter Freude ausgelassen an die Decke, wobei er sich am Kopf wehtat, weil er doch so sehr groß war, was auch einen Grund hatte. »Nämlich«, so erläuterte er, »die Nummern sind also manchmal oben auf den Spinden befestigt, und da kann ich infolge meiner Statur hinaufschauen, während ein kleinerer Kollege eine Leiter oder einen Hocker benötigen würde – vom Zeitverbrauch gar nicht zu reden. Ein Hocker soll hier auch sein. Wo ist er?«

Ich wusste es nicht, und ich hatte in diesem Zimmer noch nie einen Hocker gesehen. Er wollte in meinem Koffer nachsehen, ich hatte nichts dagegen, aber natürlich war der ominöse Hocker nicht in dem Koffer. Der enthielt lediglich allerhand Rasierwasser, Socken, Schlipse (ich nehme immer Schlipse mit in den Urlaub – wozu?) und das Buch »Dreihundert und achtzehn Briefe berühmter und geistreicher Männer und Frauen zur vielseitigen Bildung des Stils, des Tones und des Geschmacks im brieflichen Umgange, herausgegeben von J. D. F. Rumpf, Königlich Preußischem Hofrathe« (Berlin 1835), welches ich ganz bestimmt in den Ferien lesen will, und das seit nunmehr zwölf Jahren. Das Buch interessierte den Inventuristen nicht, da es nicht in seiner Liste verzeichnet war und auch keine Nummer hatte. Er nahm ein Protokoll über den Hocker auf, den es nicht mehr gab oder noch nie gegeben hatte, und beschäftigte sich dann wieder mit dem bereits erwähnten Papierkorb. »Der Papierkorb an sich ist in Ordnung«, fand er, was nicht stimmte, denn er hatte unten ein Loch, durch welches das Papier, gewissermaßen ehe man es oben noch hineingeworfen hatte, unten schon wieder herausfiel – aber was interessierten ihn Löcher? »Nur leider fehlt da die Nummer«, seufzte er, »also muss ich eintragen: Papierkorb fehlt.«

Ich sagte: »Da steht doch der Papierkorb! Sie können ihn sehen und anfassen, oder Sie können hineinbeißen. Das Ding existiert doch. Sie praktizieren ja den reinsten numerischen Alleinvertretungsanspruch! Notieren Sie lieber, dass der Papierkorb unten ein Loch hat.« Aber das war eben nicht seine Aufgabe, und er hielt sich genau an seine Aufgabe.

»Gewiss ist da ein Papierkorb«, sagte er, »aber für mich ist er völlig belanglos. Es ist so etwas wie ein privater Papierkorb. Ohne staatliche Beteiligung gewissermaßen, einsam, nummernlos. Vielleicht ist es Ihr persönlicher Papierkorb! Haben Sie ihn ins Heim mitgebracht?«

»Nein, ich glaube nicht, dass ich ihn mitgebracht habe. Ich könnte mich sicher daran erinnern.« Damit war die Angelegenheit beziehungsweise dieser defekte Papierkorb ein für allemal erledigt.

Dann suchten wir weiter. Ich hatte ein schönes Erlebnis: Ich kam einem Tintenfass aus imitiertem Marmor auf die Schliche, das zwar keine Tinte enthielt, aber den Namen »T – 3434« führte. Der lange Mann murkste eine Weile an der Deckenlampe herum, wahrscheinlich um die Glühbirnen zu nummerieren, und so gab es einen Kurzschluss. Er war jedoch nicht aus der Ruhe zu bringen, sondern zog unverzüglich eine Kerze aus der Tasche, und ich kann, ob Sie mir nun glauben wollen oder nicht, an Eides Statt versichern, dass diese Kerze nummeriert war.

Der Sinn einer Inventur dieser Art war durchaus einleuchtend. »Aber was soll diese Nummernbeschwörung?«, fragte ich. »Es genügt doch, wenn Sie nachsehen, ob noch soundso viele Stühle, Tische, Zahnputzgläser und an der Tapete totgequetschte Mücken vorhanden sind. Weshalb muss denn jeder Bleistiftanspitzer ein daumenlanges Metallschild tragen, in das eine Nummer eingestanzt ist?«

»Um ihn als gesellschaftliches Eigentum zu kennzeichnen«, sagte er, »sonst könnte sich ja jeder ein Bett oder ein paar Kleiderschränke unter den Nagel reißen und damit verduften.«

»Wenn das einer vorhätte, so würde er doch zunächst mal die Nummernschilder abschrauben!«

»Hoho«, sagte er und drohte mir mit schelmischer Ironie sowie mit dem Zeigefinger, »das wäre aber ganz und gar heimtückisch, nicht wahr! Also man soll von den Leuten nicht gleich das Schlimmste denken.«

Ich wies ihn noch darauf hin, dass das Inventarverzeichnis an der Rückseite des Kleiderschrankes keine Nummer hatte und auch auf sich selber nicht angeführt war. Er sagte eine gründliche Überprüfung der Angelegenheit zu. Als er fertig war, gingen wir in den Speisesaal hinunter und tranken einige Flaschen Radeberger Pilsner, er trank Nr. 1, 3 und 5, ich Nr. 2, 4 und 6. Abschließend spendierte er noch zwei doppelte Kognaks (KO D – 24000 1/000 2), und dabei fragte ich ihn, ob er eigentlich mit seiner sonderbaren Arbeit zufrieden sei. Er war zufrieden, und das wunderte mich eigentlich am allermeisten.

1976

Wie wir den Kleiderschrank montierten

All diese Nörgelei, wie man sie jetzt oft auch in der Presse liest, betreffend das Zusammensetzen von Tüten-Möbeln, ist doch wohl unserer raschen Zeit wenig angemessen und entlarvt die Kritiker als zweifelhafte Zeitgenossen beziehungsweise -kollegen, welche Spanplatten nicht im Zusammenhang sehen und in diesen fügen können.

Unsereiner, der meiner Meinung nach auch nicht auf dem Mond aufgewachsen ist, hat schon in früher Jugend erfahren, wie etwas, das sehr lange zusammengehalten hat, mit einem Male auseinanderfällt. Auf Wunsch, wohlgemerkt. Denn mein Beispiel betrifft den großen Kleiderschrank von Tante Lucie, welche damals umziehen wollte.

Die heutige Jugend, welche in erster Linie an solchen verhältnismäßig unproblematischen Sachen wie elektromechanischer Musik oder Sexualität interessiert ist, dürfte gar keine Vorstellung von einem wirklich großen Kleiderschrank haben, wie Tante Lucie einen besaß, und mit dem sie damals umziehen wollte.

Der einzige Helfer war ich – damals noch ein junger und kräftiger Mensch von ungefähr neunundvierzig Jahren.

Ich stellte mich in die Mitte des Kleiderschranks hinein, und Tante Lucie begann langsam und unter monotonem Vortrag von Sprüchen, welche sie für beruhigend und nervenstärkend zu halten schien, das riesige hölzerne Monument von außen auseinanderzuschrauben. Ich, im Inneren, hielt auf dem Kopf den sogenannten

Aufsatz, mit beiden Händen die Seitenteile und dachte schweißüberströmt darüber nach, womit ich wohl die vor mir befindliche Mitteltür mit der großen Spiegelscheibe festhalten könnte. Indes kam ich zu keinem vernünftigen Entschluss.

Nachdem alles zusammenbrach und Tante Lucie von freundlichen Nachbarn längst unter den auf sie hinabgestürzten Seitenteilen des wirklich großen Kleiderschranks hervorgezogen, beruhigt und gesalbt worden war, lief ich, wie mir in der Erinnerung scheinen will, noch stundenlang mit dem zentnerschweren Aufsatz auf dem Kopf in der Stube herum, unstet und ziellos.

Es ist nicht wahr, dass ich von diesem Vorfall etwas zurückbehalten haben soll, wie Neider behaupten, die mir meinen unwahrscheinlichen Erfolg in der zumindest bei mir beliebten Fernsehsendung »Das Wetter im Eimer und andere Bowlen-Rezepte für Campingfreunde mit Herren-Kosmetik« nicht gönnen wollen.

Indes war ich gewappnet, als unser neuer Kleiderschrank in schmucken Kartons hereingeworfen wurde. Nicht unvorbereitet hatten wir die Sendung einige Tage und Nächte lang auf unser kleines Kollektiv zukommen lassen, zu dem folgende Persönlichkeiten gehörten:

Meine Frau,

ich selbst,

mein Bruder Max-Joachim,

unsere Freundin Helga,

Willy Hornholm von der Zentralen Spanplattenkommunalverwaltung in Beeskow-Süd.

Ferner waren anwesend:

Dipl.-Ing. Edgar Kutzke als Ringrichter sowie Dr. sc. Hubert Prupe, wissenschaftlicher Mitarbeiter der in Bansin geplanten Untergrundbahn.

Und schon ging's los!

Wir packten alles aus, und jeder nahm sich von der köstlichen Pappe, was er brauchte – Prupe (beispielsweise) benötigte davon einige Quadratmeter für seine einschlägigen Werbe-Artikel und die zu deren Abdruck noch zu gründenden Zeitschriften, und ich entnahm etwas für Max-Joachims immer noch nicht ganz saubere Schuhsohlen (wir besitzen noch keinen sogenannten Abtreter).

Nach zwei Stunden hatten wir fast alles montiert, und zwölf Schrauben waren übrig.

Nach vier Stunden musste Willy Hornholm zu einer Sitzung der Zentralen Spanplattenkommission eilen, die aber nicht in Beeskow-Süd, sondern in der im Parterre gelegenen Erlebnis-Gaststätte »Zum ECHTEN Holzkopp« stattfand; daraufhin fehlten zwölf Schrauben.

Kurz nach Willy Hornholms Rückkunft, der alsbald beiseite gelegt wurde, um vor Beschädigungen durch herabfallende Spindteile bewahrt zu bleiben, gingen wir unter der zumindest rhetorischen Anleitung unseres verehrten Freundes Dipl.-Ing. Edgar Kutzke, der uns mit seinen Zurufen wie »Schraubt, schraubt!« und »Klappe zu, Affe tot!« enorm geholfen hatte, in die Endrunde, und schon nach achtzehn Stunden stand der Kleiderschrank!

Wie eine Art von Völkerschlachtdenkmal! Nur dass das Völkerschlachtdenkmal keine Türen hat, die sich spielend, nur durch leichten Händedruck, bewegen lassen. Die Türen unseres Kleiderschranks lassen sich mühelos bewegen. Allerdings nur nach innen.

Drinnen sitzt mein Bruder Max-Joachim und will wieder raus.

Soweit kommt's noch! Wir schieben ihm ja immer was zum Essen rein. Pizza. Und was sonst noch so durch die Tür passt.

1988

Das vorläufig letzte Märchen

Es war einmal ein reicher Bruder, der hatte seinen armen Bruder lange nicht besucht, ihm aber zu Weihnachten immer Kakao geschickt, worüber sich der Kakao immer sehr freute; es war eine Umsatzfrage. Eines Tages trafen sich die Brüder endlich mal persönlich und freuten sich und tranken deutschen Schaumwein, denn es waren deutsche Brüder, und sie hatten schon ganz andere Schaumweine getrunken als deutschen, und außerdem war auch das wieder mal eine Umsatzfrage. Der reiche Bruder half dem armen Bruder nach Kräften, und der arme Bruder bezahlte nach Kräften, bis er pleite war, aber das merkte er nicht, weil er so glücklich war. Und der reiche Bruder war auch sehr glücklich, dass sein armer Bruder nicht merkrte, dass sein reicher Bruder ebenfalls schon lange pleite war; es handelte sich um eine Kreditfrage. Und wenn sie nicht gestorben sind, dann wachsen sie heute noch zusammen.

1996

Leidenschaft pur

Karl Schube ging in der Waldstraße so für sich hin, und nicht zu suchen war sein Sinn, da fing es plötzlich zu regnen an. Schube, schirmlos, nicht mal mit wasserdichtem Hute oder gummierter Kanzler-Schmidt-Gedenkmütze ausgerüstet, nutzte, da kein Kaffee- oder Bierhaus in der Umgebung sichtbar war, eine überdachte Trambahnhaltestelle als Tropfenfänger. Niemand außer ihm verweilte dort zu dieser Nachmittagszeit; die restliche Einwohnerschaft dieser Stadt, mutmaßte Schube, saß auf dem Trocknen: in warmen Stuben auf bequemen Sesseln oder wälzte sich faul und genießerisch auf prallgepolsterten Sofas oder in gutgefederten Betten herum. Vielleicht sogar lotterten welche auf dicken Teppichen hin und her?

Niemand leistete Schube in seinem Unterstand Gesellschaft außer einem großen Plakat, das neben dem halb abgerissenen Fahrplan an der Wand der Bude klebte.

»KAMAKURA RUFT AUCH SIE! Der edelste Sport aus dem geheimnisvollen Osten jetzt auch in dieser Stadt, jetzt auch für Sie! Herzlich willkommen beim Lehrgang im Elysios-Bluntschl-Club, Beginn Dienstagabend, 20 Uhr. Kamakura-Kenner machen auch Sie zu Kamakura-Kennern. Unkostengebühr: DM 12,75 incl. MwSt. Saubere Füße und leichte Sportbekleidung erwünscht. KAMAKURA BRINGT GLÜCK, ERFÜLLUNG & SICHERHEIT!«

Heute Abend, 20 Uhr! dachte Karl Schube, und es hörte auf zu regnen, und er erinnerte sich sehr genau an den Elysios-Bluntschl-Club, hier in dieser Waldstraße, hatte er eben dort doch vor nicht allzu langer Zeit teilgenommen an jenem Umwelt-Kochkurs, betitelt »Lust auf Lauch und Leben«, und an der kostenlosen Zusatz-Matinee »Frischer Fenchel – Feind der Frühjahrsmüdigkeit«.

Und nun Kamakura!

Karl Schube dankte mit einem schrägen Blick himmelwärts dem verflossenen Regen, ohne den er das Plakat für den edelsten Sport aus dem geheimnisvollen Osten vermutlich gar nicht entdeckt hätte. Und munter, einer zweibeinigen Gazelle gleich, hüpfte er die Waldstraße entlang in Richtung Ameisenplatz, zu seinem kleinen aber oho-igen Heim, das zugleich seine Burg war, seine Schubeburg.

Unter der Dusche spülte Schube jede Falte nicht nur sauber, sondern sogar rein – auch die unter seinem charaktervollen Doppelkinn. Er polierte sämtliche Nägel an Händen und Füßen, salbte seinen recht gut geformten Leib mit Tafelwasser »Pour l'homme« aus Klein-Paris, besprühte sein Haar mit echtem »Spree-Spray« und bekleidete sich mit einem elegant-saloppen Sport-Pulli und dazu passender reißverschlossener Hose. Darunter trug Karl Schube, als er sich erwartungsvoll auf den Weg zum Kamakura im Bluntschl-Club machte, statt leichter Sportbekleidung einen noch leichteren Kunstseiden-Schlafanzug mit weit geschnittenem Oberteil und dreiviertellangen Hosen.

Alles zitronenfarben.

Der Direktor des Kamakura-Studios, ein gedrungener Bursche in einem blank gewetzten Trainingsanzug mit dem Monogramm »KK 04«, begrüßte den neuen Kandidaten mit der Frage, ob er sich richtig fit fühle. »Sie kennen sicher auch«, fügte er noch hinzu, »das Ne-Weza?«

»Das kenne ich noch nicht«, gestand Karl Schube freimütig. »Sie werden mir das schon beibringen. Aber das Prasretaka ist mir vertraut, obwohl nicht jedermann gern leidet oder leiden macht, aber …«

»Habe keine Ahnung von Ihrem Patzenhofa oder wie dis heißt«, sagte der Trainer, »und Ne-Weza ist ehmt ein Bodengriff, nich wah. Gehört alles zur Selbstverteidigung, nich wah, wie Angriff ehmt unter Umstände auch. Aber wissen Sie überhaupt, was Kamakura eigentlich ist?«

»Alles«, verkündete Schube mit hintergründigem Lächeln, »alles, was dem indischen Pumpernickel Spaß macht! Und um den geht es doch hier – oder?«

»Pumpanickel!? Wieso Pumpanickel? Pumpanickel is ja wohl etwas, wo man, äh, beispielsweise Käse raufmachen kann …«

»Sehr ungewöhnlich! Aber warum nicht? Ich verstehe diesen mundartlichen Begriff als ›pumperner Nickel‹, wobei pumpern ungefähr dasselbe ist wie pumpen, und ein Nickel ist im Norddeutschen bekanntlich ein Gnom, ein – haha – boshafter kleiner Kerl. Nun aber mitten in die Sache rein! In medias res, wie der Franzose sagt, der ja auch allerhand davon verstehen soll.«

Karl Schube zog sich zur Verblüffung des Verteidigungs-Sportlehrers blitzartig den Pullover sowie das Zitronen-Unterhemd aus und warf beides in die nächste Ecke.

Dann öffnete er den ersten Hosenknopf.

Doch da rief der Veranstalter sehr energisch. »Hosen zu, Mensch! Erst kommt die theoretische Einführung und Belehrung über den Unterschied zwischen Karate, Judo, Budo, Kamakura und so weita!«

Schube, sekundenlang starr wie vom Donner gerührt, suchte eilig seine Oberkleider zusammen und steckte die in der Hosentasche deponierten DM 12,75 incl. MwSt. schnell wieder in sein Portemonnaie.

Zum Glück hatte er die Hosen noch nicht aus(gezogen), weil – wie immer in entscheidenden Augenblicken – der Reißverschluss klemmte.

Ein misslungener Abend. Wie konnte er auch »Kamakura« mit »Kamasutra« verwechseln!

1997

Milde Gaben erbeten

Neulich saßen Georch und ich mal wieder so richtig aufm Trockenen.

Keine Puseratze Knete in der Tasche. Und dabei einen verdammten Durst! Einen Durst, wie Harry Tisch ihn vielleicht mal gehabt hat.

Was tun und nich stehlen?

Wir sitzen also auf der Bank im U-Bahnhof und grübeln. Wir fahren ja manchmal son bisschen U-Bahn. Schließlich haben wir eine Umweltkarte. Also nich jeder eine, wir haben beide zusammen eine. Bei eventuellen Kontrollen zeige ich als Erster die Karte, und dann gebe ich sie Georch. Das ist ganz legal, denn die Umweltkarte is ja ÜBERTRAGBAR.

Also sitzen wir da und grübeln. Plötzlich hat Georch, was bei ihm nich so oft vorkommt, eine sogenannte Idee: »Haste nich da oben anne Treppe«, sagt er, »den Mann mit der Pudelmütze und dem Esel an der Strippe und der Sammelbüchse und dem Schild gesehn mit der Aufschrift LASSET DIE ARMEN TIERE NICHT HUNGERN: UNSER ZIRKUS IST PLEITE??«

Natürlich hatte ich den Mann mit der Pudelmütze und dem Esel und der Sammelbüchse gesehen. Durst macht ja nicht blind.

»Die Nummer machen wir auch«, sagte Georch.

Ich frage ihn, wo er einen Esel hernehmen will, und er sagt, man kann es auch mit einem Affen machen oder mit einem kleinen Elefanten. Ich sage zu ihm: »Na, dann hol mal einen von deinen vielen kleinen Elefanten her! Ich besorge inzwischen eine Sammelbüchse.« Aber er zeigt mir bloß 'n Vogel und erklärt mir, dass wir das Ding ganz andersrum drehen werden. Um es kurz zu machen: noch am selben Abend standen wir beide oben am Eingang zur U-Bahn. Ich hielt meinen Freund Georch an einer Strippe fest. Er hatte sich riesige Schuhe angezogen, mindestens zehn Nummern zu groß, dazu 'n paar uralte und unheimlich karierte Hosen von seinem Opa, ferner einen grünen Gummimantel, die Backen weiß geschminkt, die Nase knallrot und obendrauf 'n Papierhut.

Auf unserm Schild war zu lesen: BITTE UM EINIGE MILDE GABEN FÜR DIESEN INFOLGE DES KONKURSES UNSERES KLEINEN ZIRKUSSES VOM AUSSTERBEN BEDROHTEN MEISTER-CLOWN! BESTEN DANK IM VORAUS.

Da standen wir nun und froren, und die Leute gingen vorbei und wackelten mit 'm Kopp, aber aus keinem Kopp fiel was raus. Kein Pfennig, sage ich Ihnen.

Immerhin hatten wir nach zwei Stunden ein paar Bierbüchsen in der Schüssel, und wir hätten uns darüber freuen können, wenn es nicht lauter leere Bierbüchsen gewesen wären.

1997

Gesund durch Golf

Vor etwas mehr als zwanzig Jahren erfuhr mein Freund Günter von seinem Arzt ein Patentrezept sowohl für die Verringerung des Körpergewichts als auch für die Gesundheit schlechthin: Er solle einige Tage lang überhaupt nichts essen, sondern nur etwas Schnaps trinken, und zwar welchen ohne Zucker.

»Und das soll gesund sein?«

Günter verriet, dass es eine Alternative gäbe: täglich drei Stunden Golf spielen. Damals gab es in Königs Wusterhausen zwar Schnaps, vielleicht auch solchen ohne Zucker, aber keine Golfplätze, so dass mein Freund dick und ungesund bleiben musste.

Heute gibt es ganz andere Möglichkeiten. Jedes Kind weiß, dass Schwitzen gesund ist. Und Golf, ein »zu den Ziel- und Treibspielen zählendes Vollballspiel (Geländeballspiel)« treibt nicht nur Blüten, sondern auch Schweiß.

Vor den Schweiß haben die Manager den Preis gesetzt Beim »Berliner Golf- und Country-Club« in Motzen, Kreis Königs Wusterhausen, kostet ein Spiel 60,– DM (am Wochenende 80,– DM), und das sollte einem die Gesundheit doch wert sein. Da wir nicht nur an einem Wochenende, sondern das ganze Jahr lang Spaß haben und gesund sein wollen, bezahlen wir auch den Jahresbeitrag (DM 2 800,00) mit der linken Hand und blättern – getreu dem Motto »Ohne Portmonneh kein Renommee« – auch noch die Aufnahmegebühr (DM 45 000,–) auf den Clubtisch. Nun sind wir endlich wer und ganz unter uns.

Schon der alte Golf-Fan Wilhelm Busch lehrte: »Mit scharfem Blick, nach Kennerweise / Seh' ich zunächst mal nach dem Preise./ Und bei genauerer Betrachtung / Steigt mit dem Preise auch die Achtung.«

Um nun so dünn zu werden wie unsere Brieftasche, gießen wir uns nach dem letzten Einlochen, falls noch Kleingeld übrig, einen allerletzten Doppelkorn hinter die Binde. Ohne Zucker, aber mit Stil.

1997

Mein Start ins digitale Zeitalter

Letztens wollte ich endlich mal wieder zur »Grünen Woche« gehen, doch es hat nicht geklappt, weil an ihrer Stelle die Internationale Funkausstellung ausgetragen wurde. Da gab es nicht mal Rotkäppchen umsonst, aber Kevin Costner war angekündigt. Für 18 Mark Eintritt hätte man Dieter Heck mit den »Schlagern der Eiszeit«, Max Schautzer (»Der Goldene Eierkopp«) oder, als Kulminationspunkt überirdischer Genüsse, Marianne plus Michael (Dauerkarte: 55 Mark) auf sich einwirken lassen können. Karl Molke, die Blase des Jahrhunderts, befand sich gerade auf einer Kaffeefahrt nach Bangkok und blieb den Berlinern daher fürs Erste erspart.

Vielleicht hätte man unterm Funkturm seinen Durst löschen können, denn es war allenthalben von DAB die Rede, womit unterm Funkturm indes nicht die Dortmunder Aktien-Brauerei abgekürzt wurde, sondern das Digital-Audio Broadcasting mit dem COFDM-Übertragungsverfahren, welches, unter anderem, auch folgendes bewirkt: »Wird, etwa bei einem Unwetter, der Datenfluss gestört, gleichen intelligente Korrekturverfahren den Fehler wieder aus, so dass der Hörer nichts merkt.« Sehr erstrebenswert für meine Kusine Hanne-Renate, welche wegen ihrer analogen Zähne Angst vor Gewittern hat.

Erstrebenswert auch, wie »Der Spiegel« weiß, für die uneigennützigen Beschleuniger des COFDM-Datenflusses, denn »die Radiobauer von Blaupunkt bis Telefunken sind hoffnungsfroh: Der

Bedarf an Geräten, die für den DAB-Empfang gebraucht werden, könnte sich auf eine halbe Milliarde Stück summieren.« Falls sich bis dahin die Bedürftigen auf eine halbe Milliarde Stück summieren lassen.

Früher definierten die Berliner: »Fernsehn – wenn man die Augen zukneift, denn isset wie Radio.« Nun sollen wir ein paar größere Scheine gegen ein »Radio zum Sehen« eintauschen. Dieses bietet uns »Standbilder von Orchestern und Dirigenten oder auch die Anzeige des gerade laufenden Titels, der Interpreten und der Bestellangaben für die CD«. Radio – wenn man die Augen aufmacht, isset wie Fernsehen. Hören musste ja nischt: Hauptsache du bestellst wat.

Die große Bauernfänger-Schau hatte mich übrigens durch ihren eigenen Plakattext rechtzeitig gewarnt: »Entweder Sie halten Multimedia für eine Vitamintablette. Oder Sie erleben eine Revolution.« Also wenn ich an die letzten Revolutionen denke … Da halte ich Multimedia lieber für eine Vitamintablette, die man ja nicht unbedingt schlucken muss.

1997

Sexuelle Verwechslungen

Vor Jahren wurde um die Ecke ein Sex-Shop eröffnet. Was sein muss, muss sein, davor ist auch eine Vorstadt wie die hiesige nicht gefeit, wir leben doch nicht auf dem Mond, die Zeit schreit nach Begierde, nun lasst mal die Prüden müde bleiben und reißt die morschen Glieder zusammen und lasst uns kühner und schärfer an diese oder jene Sachen herangehen und so weiter, alles klar.

Der Sex-Shop, etabliert in einem ehemaligen Parteibüro, öffnete also wollüstig seine Pforte, als man plötzlich bemerkte, dass ihm was fehlte, nämlich ein aufreizender Name. Der Sex-Shop hieß bloß Sex-Shop, und das ging nicht auf die Dauer. Eine Nähmaschine heißt auch nicht einfach Nähmaschine, sondern wenigstens Fadenglück, oder falls sie historisch echt ist, sogar Singer. Selbst der alte Goldowski (von Freunden kurz: Goldi genannt) bezeichnete seine etwas angerostete Pufferbude nicht schlechthin als Pufferbude, sondern verlieh ihr den mit Goldbronze auf die Karre gemalten Ehrennamen: Goldi's Gäste-Glück. Da weißt du doch, warum die Puffer goldig schmecken.

Bröhlke, das ist der Betreiber – also: General-Manager – des Geschlechtsladens, kam ins Grübeln. Der ihm gegenüberliegende Gemüsehändler sagte: »Bröhlke, dein Pornoschuppen darf nicht anonym bleiben, Nomen ist Omelett, denk dir mal was aus.«

Bröhlke schlug vor: »Feuriger Hirsch.«

»Das klingt nach Fresskneipe«, sagte der Gemüsemann, »da denkt man an flambiertes Wildsteak. Du musst was Klassisches finden. Das gesamte Altertum war außerordentlich pikant und teilweise sogar schweinisch.«

Bröhlke zermarterte sein bisschen Hirn und kam zu dem Schluss, dass alle gebildeten Namen längst vergeben waren: Venus, Aphrodite, Helena, Cleopatra, Messalina, Palucca, Onassis, Aspasia, Broccoli, Zarathustra und so weiter. Nichts war mehr frei!

So wälzte der schlichte Kaufmann Bröhlke zu mitternächtlicher Stunde alte Schulbücher und geriet, weiß der Teufel wie, an den König Priamos von Troja. Priamos – das war's! Und so schmückte er sein schlüpfriges Etablissement mit dem Namen der dazugehörigen Tochter: Kassandra.

Die Kassandra-Rufe wurden alsbald von den Gerichtsvollziehern ausgestoßen, und Bröhlke war pleite; das kommt davon, wenn man Priamos mit Priapus verwechselt. Macht aber weiter nix, denn Bröhlke hat mittlerweile ein klitzekleines Reisebüro installiert. Das Institut heißt: Sisyphos.

1997

Durst ist schlimmer als Heimweh

Viele Leute halten mich für verrückt, weil ich nicht nur Werke lese wie J. Schönbohms »Zwei Armeen und ein Vaterland« sowie »Geburt der Venus« von R. C. Muschler, sondern auch Eisenbahn-Fahrpläne und Telefonbücher. So aber bin ich weitaus besser informiert über die »Vorsorge und Eigenhilfe des Bürgers« als jene Typen, die sich im »Amtlichen Verzeichnis der Ortskennzahlen (AVON)« egal nur die Vorwahlnummern und niemals die dritte und vierte Umschlagseite angucken. Dort sind nämlich »Wichtige Hinweise« des regierungsamtlichen »Bundes für den Selbstschutz« abgedruckt, und die muss man sich nun wirklich zu Gemüte führen. Äußerst relevant in dem uns verordneten Notgepäck ist die »staudicht verpackte Verpflegungsration, Vorrat für 14 Tage: 2 kg Fleisch-, Fisch- und Wurstkonserven; 0,25 kg Käse in Dosen; 0,5 kg Speiseöl, Pflanzenfette, Schmalz; 0,5 kg Nährmittel, z. B. Haferflocken.«

Also in diesem Punkt muss ich den Gehorsam verweigern. Haferflocken sind mir so zuwider wie getrocknete Bratkartoffeln; ich kann sie beim besten Willen nicht zu mir nehmen, sondern im Notfall nur von mir geben. Ich verweigere den Flockendienst.

Da Durst bekanntlich noch schlimmer ist als Heimweh nach Sankt Pauli, halte ich mich an flüssige Reserven und zitiere nochmals aus der Eigenhilfsschule: »Vorrat pro Person für 14 Tage: 35 Liter Leitungswasser, Mineralwasser; 3 Liter vitaminisierte Gemüse- und Fruchtsäfte.« Aber wer weiß, ob der Schlamassel wirklich nur 14 Tage dauern wird! Vorsichtshalber disponiere ich für vier Wochen und tausche die Gemüse- und Fruchtsäfte (da ich als Laie nicht weiß, wie man so was vitaminisiert) gegen weiteres Mineralwasser ein. Unsere Familie besteht aus der Frau, der Tochter, dem Sohn und dem Vater, also mir = 4 Mann. Diese benötigen für vier Wochen pro Nase, d.h. Gurgel, 76 Liter Mineralwasser. 76 × 4 = 304 Liter. Wenn man sich damit bevorraten will und aus dem nächsten Tante-Emma-Laden Halbliterpullen anschafft, hat man 608 Flaschen in der Küche stehen. Verpacken Sie die mal, liebe Spitta! Und zwar staubdicht!

Eines Abends bemerkte ich bei der Kontroll-Inventur, dass nur noch 607 statt 608 Flaschen da waren. Sollten wir etwa riskieren, den Krieg zu verlieren? Unser Herr Sohn, diese Flasche, hatte heimlich eine ausgetrunken. »Ich hatte solchen Durst«, suchte sich der Sabogent zu verteidigen. »Dieses Sprudelwasser«, belehrte ich ihn, »ist nicht für den Durst da, sondern für den Ernstfall. So was kommt nicht noch mal vor!« Demzufolge hat er sich seither zum olympiareifen Biersäufer qualifiziert.

Neulich erkundigte sich der pilsschwangere Sprössling: »Wie willste denn für den Fall, dass wir aus unsere Wohnung rausmüssen, diese Abertausende von Flaschen transportieren? Schaff doch lieber 'n paar Kamele an! Wenn man die im Notfall schlachtet, geben sie auch Wasser.« Bier macht eben dumm. Sonst wüsste der junge Mensch, dass die für den Selbstschutz und die Selter-Bevorratung zuständigen Kamele in 53173 Bonn 2 sitzen (Postfach 20 01 61), und dass niemand weiß, wer sie schlachten wird und wann.

1969

Wach auf, mein Herz, und singe

Paul Gerhardt (gebürtig anno 1607 zu Gräfenhainichen, verstorben 1678 in Lübben an der Gurken-Spree) wird gerühmt, als bedeutendster evangelischer Liederdichter des 17. Jahrhunderts. Seinerzeit gab es noch Liederdichter, heutzutage beschränken wir uns auf sogenannten Liedermacher. Wach auf, mein Herz, und singe / Dem Schöpfer aller Dinge / Dem Geber aller Güter / Dem frommen Menschenhüter … die Strophe hör ich wohl, allein mir fehlt der Glaube. Und wenn ich morgens endlich aufgewacht bin, steht nach Gesang mir nicht der Sinn. Da zitiere ich bescheidener, was Hans Sachs in Wagners Meistersingern von sich gibt: Wach auf, es nahent gen dem Tag! Der Dichter Lord George Gordon Byron soll mitgeteilt haben: Ich erwachte eines Morgens und fand, dass ich berühmt bin. Meine Wenigkeit gesteht: Ich erwachte eines Morgens und fand, dass ich immer noch müde bin. Wie jeden Morgen!

Vielleicht liegt es am Wecker?

Bekanntlich wacht so mancher Mensch nicht von allein auf, ausgenommen mitten in der Nacht, wenn es nicht den geringsten Grund zum Aufstehen gibt. Ruft aber die Pflicht, und die ruft meistens nur sehr leise, dann könnte unsereiner so richtig und gemütlich mit dem Tiefschlaf loslegen.

Also werden Wecker benötigt.

Mein Opa lebte als Kind auf dem Lande, wo auch die männlichen Landwirte früh aufstehen, um die Sensen zu dengeln und sich nicht zu rasieren. Die Menschen auf dem Lande haben keine Wecker, sondern Hähne. Hähne muss man abends nicht aufziehen. Sie krähen jeden Morgen, leider auch an Sonn- und Feiertagen. Nicht zu einer ganz genau bestimmten Zeit, was ja viele mechanische Weckuhren auch nicht tun. Wir hatten mal einen Wecker, der vom Nachttisch gestürzt und dabei offenbar auf den Kopf gefallen war. Seitdem weckte er uns nur noch an Sonn- und Feiertagen.

Daraufhin nahmen wir einen Reisewecker in Dienst, den meine Frau von einer Freundin geschenkt gekriegt hatte. Die meisten Reisewecker sind problematisch, weil sie in einem Etui wohnen, welches bei gewissen Geräuschen zusammenklappt, beispielsweise wenn sich der Wohnungsnachbar räuspert oder ein Sperling auf dem Fensterblech herumtrampelt. Die meisten Reisewecker klappen fast in jeder Nacht einmal zu. Bei diesem Zuklappen wird ein Stift in den Wecker hineingedrückt, der für das Klingeln zuständig ist. Lugt der Stift nicht mehr aus dem Wecker heraus, klingelt der Wecker nicht.

Nervösen Menschen ist so was egal, weil sie in den Nächten vor dringenden und frühen Terminen sowieso alle zehn Minuten aufwachen, um auf die Uhr zu kucken. Wer nicht nervös ist, kann Nervosität im Selbsttraining erlernen wie unser Freund Daniel. Daniels größte Leistung in dieser besonderen sportlichen Disziplin bestand darin, dass er eines Abends drei Schlaftabletten in sich hineinspülte und deren Wirkung bis zum nächsten Morgen intensiv bekämpfte, indem er sich mit eiserner Disziplin zwang, nicht einzuschlafen. Nachdem er auf diese blödsinnige Art nicht nur sich selbst besiegt hatte, sondern auch einen bekannten Gott, nämlich Morpheus, den mutmaßlichen Erfinder des Morphiums, sah Daniel eine Zeitlang sehr bleich aus und konnte keine Tasse oder Gabel ruhig in der Hand halten, geschweige denn seine Zigarette. Zur Zigarette hatte Daniel aber schon seit langem ein auf dauernde Vibration gegründetes Verhältnis; das kannten wir, und er schien sogar ein bisschen stolz darauf zu sein.

Auch einen sprechenden Wecker haben wir bereits erprobt. Der klingelt nicht, sondern schnarrt mit künstlicher Maschinenstimme: Sieben Urr dreizig sieben Urr dreizig. Wenn man dann auf ihn einschlägt, gibt er Ruhe oder geht kaputt. Seine Stimme hat große Ähnlichkeit mit den Stimmen der Losbuden-Ausrufer, welche ihre preisgünstigen Eigenbau-Mikrofone mit nicht ganz frischen Taschentüchern umwickeln, um dann zu verkünden: Weeea-hat-noch-nich-weeea-will-nochma?? Jeedes Los kostäät noch nich ma einem ganzäään Eurooo, sondern bloß einem Halbäään!! Gegen den sprechenden Wecker bin ich immun, weil ich ihn bereits aus meiner frühen Schülerzeit kenne. Er trat damals nicht batteriegespeist auf, sondern in Gestalt von Tante Trude, welche »den Haushalt führte« und in aller Frühe meine schönsten Träume mit ihren Sprüchen durchlöcherte: »Auf! Sprach der Fochs zom Hason! Hörst du nicht den Jägor blason?«

Die neueste Errungenschaft unseres verschlafenen Haushalts ist ein erstklassiger Projektions-Wecker. Der Projektions-Wecker zeigt die Zeit nicht nur schlechthin digital an, sondern projiziert sie auf Knopfdruck noch auf entsprechend ebene und helle Flächen, wo man sie dann ablesen kann, natürlich nur im Dunkeln. Kino funktioniert ja auch nur im Dunkeln. Die projizierten Zahlen sind nicht sehr groß, aber relativ deutlich. Ich lasse mir die Zeit auf eine in der Nähe des Nachttischs befindliche Schranktür (Helle Birke) projizieren. Man kann den am Wecker befindlichen Projektor auch umdrehen, so dass die Zahlen an der Zimmerdecke auftauchen, und zwar spiegelverkehrt, falls man das Gerät verkehrt herum umgedreht hat. Da wir ein verhältnismäßig hohes Schlafzimmer haben, erscheint die Uhrzeit an der Decke nur im Format sehr kleiner Briefmarken, die sind aber bei Zuhilfenahme eines Opernglases noch recht gut zu erkennen.

Wie man die Maschine nun auch noch zum eigentlichen Wecken bringen kann, wird in der Anleitung ganz klar beschrieben: »1. Abhängig davon, welche Weckzeit Sie einstellen möchten, drücken Sie die Taste ((.))/24h/OFF so oft, bis die Anzeige Weckzeit erscheint. 2. Halten Sie die Taste ((.))/24h/OFF länger als 3 Sekunden gedrückt, bis die Stunde der Weckzeit zu blinken beginnt. 3. Stellen Sie jetzt die Weckstunde mit den Tasten ▼ oder ▲ ein. Durch kurzes Drücken der Tasten ▼ oder ▲ wird die Anzeige schrittweise …«

Wenn die Stunde der Weckzeit zu blinken beginnt, falls sie wirklich irgendwann zu blinken beginnen sollte, kocht schon unser Kaffeewasser. Aber gewiss werde ich den Trick mit der Einstellung des Projektions-Weckers-Wecken eines Tages auch begreifen.

Jedenfalls so ungefähr; ich meine: in den erkenntnismäßigen Konturen, die eine Ahnung von dem vermitteln, was man in der Zukunft vielleicht verstehen wird.

Ich bin ja erst 102 Jahre alt und habe noch eine große Lebenserwartung.

2004

Herrn Golos verdächtige Kneifzange

Golo Backofen, ein früherer Schriftsteller, der im Rentenalter fast nur noch Briefe schrieb, war gerade an seinem Brief-Schreib-Tisch mit dem täglichen Korrespondenz-Pensum beschäftigt, als zwei Polizisten klingelten.

»Wir kommen zur Klärung eines Sachverhaltes. Da die Klärung eines Sachverhaltes einen internen Vorgang darstellt, müssten wir zu Ihnen also gewissermaßen … hineinkommen … hineintreten … also …«

»Reinkommen«, sagte der zweite Polizist.

Backofen hielt ihnen mit der linken Hand die Tür auf, während er mit der rechten Hand eine Kneifzange festhielt, und sie kamen rein. Der erste Polizist fragte: »Was befindet sich dort in Ihrer Hand? Handelt es sich etwa um eine Kneifzange?«

»Das sehen Sie doch.«

»Also es geht um folgendes: Vorgestern beobachteten Zeugen, dass von einer unbekannten Person ein Karton vor Ihrer Wohnungstür abgestellt wurde. Dieser Karton machte sich dadurch auffällig, dass amtlicherseits, also unserer Dienststelle, bisher nichts über den Inhalt des Kartons bekannt ist.«

»Haben Sie recherchiert?«, fragte Backofen.

»Das gehört nicht hierher. Im Übrigen sind wir es, die hier die Fragen stellen. Sie können lediglich zur Klärung des Sachverhaltes beitragen. Falls nicht, müssten wir Saiten aufziehen.«

»Was für Seiten?«

»Andere! Wir müssten andere Saiten aufziehen. Saiten mit A! Da würdeste aber staunen, Piepel!«

»Na, na.«

»Was heißt denn hier Na, na? Im Übrigen sind wir es, die hier Na, na sagen. Ist das klar? Und wir stellen hier die Fragen. Zum Beispiel diese Frage: Was haben Sie denn eigentlich mit dieser bedrohlichen Kneifzange vor?«

»Ich habe heute vier Briefe geschrieben …«

»Das gehört nicht hierher. Sie wollen uns doch nicht einreden, dass Sie die Briefe mit der Kneifzange geschrieben haben. Sie treten hier als harmloser Briefkastenonkel auf und glauben, dass wir auf Ihren Schmus reinfallen. Von wegen! ›Herzliche Glückwünsche zu Deiner Taufe, liebe Erbtante‹ oder etwas in dieser Art, wie? Ich werde Ihnen mal was sagen: Mit solchen Kneifzangen kann man sogar Düsenflugzeuge zum Entgleisen bringen! Sie Briefschreiber! Sie sind in unseren Augen nichts weiter als ein Terrorist!«

»Das ist doch Unsinn«, widersprach Golo Backofen, »ich bin kein Terrorist. Ich bin gelernter Beckenbauer!«

»Dass ich nicht kichere! Bauen Sie Ihre Becken mit der Kneifzange?«

»Ich sprach von meiner Lehrzeit. Lange her. Was stört Sie eigentlich an dieser Zange?«

»Im Prinzip … nichts. Wir als Polizei haben keinerlei Angst vor irgendwelchen Zangen. Aber Terroristen wie Sie werden wir notfalls in die Zange nehmen.«

Backofen erklärte ihm geduldig: »Wenn ich einen Brief geschrieben habe, klebe ich danach den dazugehörigen Briefumschlag zu. Und wenn das geschehen ist, dann klebe ich rechts oberhalb der Adresse eine Briefmarke auf den Umschlag. Da aber die

Gummierung der Umschläge und der Briefmarken nicht immer gänzlich zufriedenstellend ist, feuchte ich die Lasche der Briefumschläge und die Rückseiten der Briefmarken mit flüssigem Büroleim an, der sich in einer Büroleimflasche befindet. Dieser Behälter ist unterhalb des Schraubverschlusses noch mit einer Kappe ausgestattet, die in der Mitte ein kleines Loch zur Dosierung der Leim-Menge hat. Begünstigt durch die Luftverhältnisse und die Temperatur der Stube wird der Leim im Loch – können Sie mir folgen? – manchmal hart. Daher stecke ich einen Nagel – dieser Metallstift hier ist ein Nagel – in das Loch. Zur Vermeidung der Härtung. Damit das Loch ein Loch bleibt!« Golo Backofen war etwas erschöpft und fragte: »Möchten Sie ein Glas Wasser?«

»Das könnte Ihnen so passen«, sagte der Vertreter des guten Prinzips, »wir sind im Dienst. Im Dienst trinken Polizisten niemals, vor allem kein Wasser. Wollen Sie uns mit diesem Leim, den Sie mit der Kneifzange umrühren, vielleicht leimen? Uns nicht, werter Herr, uns nicht!«

Der gelernte Beckenbauer, der nie in seinem Leben Büroleim umgerührt hatte (auch nicht mit einer Kneifzange), fühlte sich sehr ungemütlich. Er tröstete sich aber damit, dass ihn die Spezialisten vom polizeilichen Intelligenz-Dienst nicht gefragt hatten, wozu er die Kneifzange denn unbedingt benötige: um den infolge der sukzessiven Leimerhärtung an der Öffnung der Leimflasche festgeklebten Nagel wieder herauszuziehen. Das, beschloss er, werde ich denen niemals verraten!

»Also! Also wir als die Polizei fragen Sie zum letzten Mal: Was befand sich in dem ominösen Karton, der sich vor Ihrer Türe befand?«

Herr Backofen wusste es wirklich nicht. Er kannte diesen Karton nicht. »Was soll sich darin befunden haben? Keine Ahnung.

Vielleicht Luft?«, sagte er. Und das hätte er nicht sagen dürfen. Unsere Freunde und Helfer nahmen ihn mit sich zwecks endgültiger Klärung sämtlicher noch dunklen Sachverhalte vom Urknall bis zur schlaganfallartigen Vernichtung des Bösen durch den dafür freigestellten Weltsheriff sowie die Abschaffung der Arbeitslosigkeit durch Abschaffung sämtlicher Arbeitsplätze. Zunächst gaben die Polizisten auf dem Revier dem dortigen Revierförster zu Protokoll: Der Bürger G. Backofen verstünde verdächtig viel von Luft in Kartons, sogenannter flüssiger Luft (lateinisch: Eier liquide), mit der Benno Laden bekanntlich Wolkenkratzer, aber auch Präsidenten und sogar Polizisten zu enthaupten pflegt. Diese geheime Luft-Waffe trete allenthalben in der Maskierung als Kartons auf, die in großer Zahl auf Bahnhöfen, in Skilifts, Ministerial-Kantinen, Tunnel-Toiletten und Fußball-Lokalen verhaftet werden konnten (bisherige Unkosten: ca. 1.427.222,03 Euro; es dürfen keine Spesen gescheut werden – scheu, treu, wem).

Der frühere Schriftsteller Golo Backofen gab das zwecklos gewordene Briefeschreiben auf. Nach dem erfolglosen Versuch, in vorübergehendem amtlichen Gewahrsam wenigstens das Tütenkleben ohne Kneifzange zu erlernen, wurde er in einer Nervenklinik von seinen Depressionen erstaunlicherweise geheilt (der Chefarzt wurde sofort zum doppelten Professor ernannt).

Backofen entschied sich für den einzigen Beruf, in dem man seiner Hoffnung nach die moderne Welt zwar nicht begreifen, aber sich mit ihr abfinden könne.

Er bewarb sich bei der Polizei.

2005

Hat Dr. Alzheimer schon bei Ihnen geklopft?

Meine liebe Freundin Elisa hat mir, obwohl ich schon mehr als mehrere Bücher habe, noch ein Buch geschenkt. Kein Hardcover, sondern ein Werk in englischer Broschur, also eine in »einem Papier- oder Kartonumschlag geheftete Druckschrift«, eine Broschüre. Broschüren sind Veröffentlichungen geringeren Umfangs, welche, falls man darin blättert oder sogar liest, sehr schnell in einzelne Bögen oder Seiten auseinanderfallen.

Ich bat Elisa um eine Tüte mittlerer Größe.

»Wozu brauchst du denn eine Tüte?«

»Um dieses Geschenk von dir zusammenzuhalten. Ich habe keine Lust, wenn ich das lesen will, jedes Mal mühsam die einzelnen Seiten in ihrer Reihenfolge zu sortieren.«

Elisa ging wortlos aus dem Zimmer.

Ich wollte in der Broschüre lesen. Aber meine Brille war verschwunden. Verschwunden konnte sie natürlich nicht sein. Sie lag irgendwo. Aber schon Karl Valentin bemerkte: »Irgendwo! Freilich liegt's irgendwo – aber wo – wo ist denn irgendwo?«

Ich suchte eine Weile. Wie lange könnte ich nicht sagen, weil ich auch meine Uhr irgendwo hingelegt hatte, aber man muss ja nicht alles mit der Uhr in der Hand erledigen, und ich bin schon lange entschlossen, mich nicht zum Sklaven des unerbittlichen Zeigers machen zu lassen.

Also ich fand die Brille (sie hatte sich in ihren Etui versteckt) und las: »Wo ist meine Brille? Ein wissenschaftlicher, aber im lockeren, menschlichen Ton verfasster Ratgeber für alt und jung über Fragen und Probleme im Zusammenhang mit dem Abbröckeln des menschlichen Gedächtnisses. Von Kurtrudolf Prupe-Ohlenz, Diplom-Psychologe an der Städtischen Seelsorgerei in Seckingen an der Trompe, und Gerlind Grappa, Freie Bewusstseinsgestalterin und Hochsee-Anglerin II. Grades, Fichtelberg.«

Das versprach lehrreich zu werden, natürlich im lockeren, menschlichen Ton, den wir alle sehr schätzen, besonders wenn er im Fernsehen von Carmen Fliege oder Pastor Nebel ausgeübt wird.

»Zur Einführung. Auch Ihnen, liebe Leserin, lieber Leser, ist es vielleicht schon einmal passiert, dass Sie nachts auf Ihren Balkon traten, um sich ein Glas Wasser zu holen, und zu Ihrer nicht geringen Verblüffung feststellen mussten, dass sich neben dem zusammengerollten Sonnenschirm und den Blumenkästen weder ein Glas befand noch ein Wasserhahn! Erst später wurde Ihnen bewusst, dass Ihnen da Ihr Gedächtnis einen kleinen Streich gespielt hat, auf Grund desselben Sie den Balkon mit der Küche beziehungsweise mit der Badestube verwechselten. Da heißt es Obacht geben! Klopft vielleicht Dr. Alois Alzheimer aus dem früheren Breslau schon mit der nach ihm benannten Krankheit an Ihre Gehirntür? Zunächst einmal müssten Sie alles aufschreiben, wenn Sie nachts auf dem Balkon …«

Elisa, du willst mich wohl veralbern! Wo bist du überhaupt? Sie ist nicht im Zimmer! Nicht auf dem Balkon, nicht in der Küche, nicht im Bad, nicht im Bett. Das kann doch nicht wahr sein! Ich suche sie in der Speisekammer … Endlich klingelt sie an der Wohnungstür. »Ich habe dir doch gesagt, dass ich noch Zwiebeln holen muss!« Nichts hat sie mir gesagt, kein Wort! »Aber erkläre mir, was ich mit dieser Broschüre anfangen soll! Ich weiß doch, dass an unserem Sonnenschirm kein Wasserhahn dran ist, aber du scheinst vergessen zu haben, dass ich gar kein Wasser trinke, außer nach Abführtabletten. Du solltest diese Broschüre lesen, denn du vergisst fast immer, wo beispielsweise … jetzt komme ich nicht drauf … deine Schlüssel sind! Stimmt's?«

»Reg dich nicht auf, Liebling«, sagt sie, »meine Schlüssel sind da, wo sie hingehören: am Schlüsselbrett.«

»Da sind sie aber nicht.«

»Wenn ich Zwiebeln holen muss, nehme ich natürlich meine Schlüssel mit!«

»Und warum hast du dann an der Tür geklingelt?«

»Weil ich die Schlüssel zum Aufmachen erst aus der Handtasche … ähm … und wegen der Zwiebeln in der Handtasche! Sonst noch was? Ich hatte gar keine Handtasche mit. Das hab ich doch gleich gesagt.«

Wir sind nun wirklich keine Menschen, die sich gern streiten; wir lieben die Harmonie, Elisa und ich. Besonders ich. Und daher schlage ich, um diese Sache aus der schnöden Welt zu schaffen, meiner lieben Freundin vor, die ärgerliche Aufklärungsschrift »Wo ist meine Brille?« von Kurtrudolf Prupe-Ohlenz und Gerlind Grappa nicht länger im Haus zu behalten.

»Wir könnten sie doch dem lieben Kutte schenken«, sagte Elisa, »der würde das nicht übel nehmen.«

Ein guter Vorschlag. Dem Kutte könnte die Broschüre wirklich von Nutzen sein. Er ist so zerstreut, dass er seinen Hund Alkibiades schon mal in der Kneipe vergessen und danach vierzehn Tage lang im Garten gesucht hatte, bis ihm Alki endlich von dem freundlichen Fahrer eines Paket-Autos wieder zugestellt wurde.

Doch leider ließ sich der Vorschlag nicht verwirklichen. Wir haben das kleine Buch überall gesucht. Aber es war nicht zu finden, weder in meinem Papierkorb noch in Elisas Zwiebelbeutel, nicht auf dem Dachboden und nicht bei Hempels unterm Sofa. Jemand muss die Broschüre geklaut haben.

Jemand, den es überhaupt nicht gibt.

2005

Nun sollen wir uns bekennen

Es ist das illusionäre Versteckspiel Berlins, dass es immer so tut, als ob alles vorangeht. Klemm dir eine Aktentasche unter den Arm und besteig eine Bahn, gleich kommst du voran! Überlass dich dem Verkehr – schwupp! Schon befindest du dich an der Endstation! Hier allerdings beginnt das Problem und die Schimäre. Eine Endstation ist Anfang wie Ende zugleich; sie ist eine Gummiwand, die dich wieder zurückwirft, wobei dir allmählich beigebracht wird, wo dein Heil und dein Auskommen liegt, nämlich zwischen zwei Endstationen.

Martin Kessel (1901–1996)

Nunmehr läuft, wovor wir schon in der Tagespresse gewarnt wurden: »die neue Image-Kampagne ›be Berlin‹, für die der Senat bis 2009 rund zehn Millionen Euro ausgibt. Es ist eine Mitmachkampagne: Alle Hauptstädter sind aufgerufen, ihre – positive – Berlin-Geschichte zu erzählen. Am Sonnabend werden noch einmal 1,4 Millionen Haushalte vom Regierenden Bürgermeister angeschrieben, der ebenfalls zum Mitmachen auffordert. Zusätzlich gibt es Großplakate, Flyer, Postkarten, Radio- und TV-Spots.«

Endlich gibt's mal Großplakate.

Natürlich hat sich der Regierende Bürgermeister die Image-Kampagne nicht allein ausgedacht. Dafür hat man teure Spezialagenturen, die sich mühelos solche kräftigen Schlagworte wie »Image-Kampagne« aus den Ärmeln schütteln. Was ist eine Image-

Kampagne? Spendiert der Regierende Bürgermeister jedem, der am Sonnabend noch einmal von ihm angeschriebenen 1,4 Millionen Haushalte eine gutgekühlte Flasche Kampagner?

Immerhin sollen wir alle uns bekennen. Die Obrigkeit wünscht es.

Wir sollen uns aber nicht etwa, was jede Obrigkeit schätzt, zu ihr bekennen, also zur Obrigkeit – nicht einmal zu Berlin bekennen sollen wir uns. Wir sollen uns nämlich als Berlin bekennen. Damit es die ganze Welt verstehen kann, sollen wir nicht nur versichern: Isch bin aine Börliner (wie John F. Kennedy), sondern: I am Berlin, ich bin Berlin. Und alle anderen Leute werden von mir aufgefordert: Seid Berlin. Be Berlin!

Hier taucht ganz am Rand die Frage auf, ob Klaus Wowereit, der in dieser Angelegenheit doch eine gewisse Vorbild-Pflicht hat, also ob er Berlin ist.

Ich darf mal ganz offen sagen: Mir kommt Wowereit eher wie Lichtenrade vor.

Das ist keinesfalls irgendwie abfällig gemeint. Ich kenne Lichtenrade, hatte dort sehr achtbare Freunde und stehe sogar in loser Geschäftsbeziehung zu der äußerst seriösen Medizin-Technik-Firma Jochum in Lichtenrade, die ich jederzeit empfehlen könnte. Warum soll einer also nicht aus Lichtenrade kommen? Ich beispielsweise bin, was meinem Ruf nicht geschadet hat, in Berlin-Neukölln geboren. Früher sagte man spaßeshalber, die meisten Berliner stammen aus Schlesien. Genauso die Familie meines Papas. Einer unserer Urahnen namens Johann Benjamin K. lebte von 1773 bis 1837 in Schweidnitz und war dort Regierender Bürgermeister (das schmückende Beiwort benutzte man in jener Zeit noch nicht, aber gewiss hat J. B. Kusche auch ein bisschen regiert in Schweidnitz).

Es ist nicht bekannt, dass ihn irgendwann irgendjemand gebeten hat, Schweidnitz zu sein. Er hätte gar nicht verstanden, was man eigentlich von ihm wollte.

Das Großplakat bittet auch mich: »sei überraschend – sei erfolgreich – sei berlin.« Überraschend war ich bei entsprechenden Gelegenheiten, manchmal sogar erfolgreich, Berlin war ich noch nie; an so was würde man sich doch erinnern.

Als friedlicher Bürger möchte ich mich mit den Image-Kampagneros nicht streiten. Mein Kompromiss-Vorschlag: Ich bekenne, dass ich ein ganz kleines Stückchen von Treptow bin.

2008

Vom Bedarfsträger zum Impfling

Zuweilen wird man aus verschiedenen Gründen nach seinem Lebenslauf befragt. Leute, die sich nicht alles merken können, was die Befrager von ihnen wissen wollen, erfinden dann einen behördengerechten Lebenslauf, was riskant wird, falls eine Amtsfigur im Aktenhefter frühere ganz unterschiedliche Lebensläufe entdeckt. Ich stütze mein wackliges Gedächtnis darauf, dass man in der Folge seines Daseins oder Hierseins immer wieder anders genannt wird. Die Beinamen, die mir zeitweilig gegeben wurden, lassen mich also an Stationen meiner Existenz denken.

Nachdem mich meine Mutter bei der Einschulung dem Chef der Bildungsanstalt vorgestellt hatte, titulierte mich der Rektor wegen meines Geburtsmonats als seinen »kleinen Maikäfer«. Leider konnte ich nicht mal fliegen.

Später nannte uns die zuständige Einmaleins-Meisterin »liebe Rechenfreunde«. Heute, da jeder rechnen muss, wurde auch ich zwar ein Freund des Rechnens, die Rechenkunst aber niemals meine Freundin. Ansonsten war man schlechthin »Schüler«, und in bombenkriegsfernen Evakuierungsquartieren der »Kinderlandverschickung (KLV)« hieß uns der Lagerleiter seine »Lagerkameraden«. Manchmal fühlten wir uns wie Kameraden, ein andermal wie Insassen.

Eines Tages hörte ich, wie der mit umknöpfbaren Stiefelschäften verkleidete Chef-Lagerist auf dem Nachbarhof seinen uniformierten Untertanen die Post übergab. »Was muss ich denn hier lesen?! Herrn Egon Schwardke? Herr? Unglaublich! Wir sind hier keine Herren. Wir sind hier allesamt stramme Jungmannen! Ist das klar?« – »Jawohl, Herr Lagerführer!« Da freute sich der stramme Altmann, aber nur ganz kurz, denn die damaligen Mannen waren nicht nur stramm, sondern auch bierernst.

Später erfuhr ich zufällig Altmanns Namen, er hieß: Studienassessor Quittkatt.

Vor den Belehrungen in einem »Reichsausbildungslager (RAL)« bewahrte mich die eigenmächtige Entfernung von der dortigen Azubi-Truppe sowie zuvor schon der Umstand, dass mehr als siebenhundert RAL-Teens mit dem klassischen Karabiner vertraut gemacht werden sollten, wozu den fünf oder sechs Ausbildern ein einziges Karabiner-Exemplar zur Verfügung stand, das übrigens keinen besonders klassischen Eindruck machte, wie jemand behauptete, der die Waffe angeblich schon mal gesehen hatte. Also konnte ich kein Carabiniero werden.

Im Zweiten Weltkrieg wurde ich auch nicht Luftschutzwart, sondern bloß Luftschutzraumgast, der wegen lauten Schnarchens nach oben geschickt wurde, »ob es schon brennt«. Bevor es kurz danach wirklich und wirklich furchtbar brannte, hatte ich in den Speisekammern hinter den geöffneten Parterre-Wohnungstüren etwas Schnell-Imbiss beschlagnahmt und konsumiert. Luftschutz ist keine moralische Einrichtung.

Der Hunger blieb in den ersten Nachkriegsjahren an unserer Seite. Die alliierten Besatzungsmächte leisteten einen wichtigen Beitrag zu seiner Austreibung. Der sowjetische Generalmajor Alexander Kotikow, am Sieg über Hitlers Armeen als Befehlshaber beteiligt, wurde 1946 Kommandant im Berliner Sowjet-Sektor. Er verfügte eine zusätzliche »Essensausgabe an die Produktionsarbeiter der Berliner Betriebe und an die Berliner Schuljugend«. Die damals knurrenden Mägen der Abitur-Kandidaten in unserer Max-Planck-Oberschule, Auguststraße, dürften sich noch gut daran erinnern, dass wir alle auch mal »Kotikow-Esser« waren.

Kurze Zeit darauf konnten sich Kulturschaffende manchmal ein Pajok abholen. Ich gehörte zu denen: als Redakteur beim Ulenspiegel, Zeitschrift für Kunst, Literatur und Satire.

Einen Gutschein teilte ich mit dem wunderbaren Martin Kessel, Mitglied des Ulenspiegel-Kollegiums, Dichter, Essayist und Romancier von europäischem Rang, in früheren Jahren Laureat des Kleist-, später auch des Büchner-Preises. Also der Dr. Kessel und ich zuckelten zur Greifswalder Straße, unweit der jetzigen Ossietzky-Redaktion, wo in dem schlichten Laden von Butter-Pless die Pajoks dargereicht wurden. Wir hatten nur einen Bon für uns beide, und der liebe Dr. Kessel konnte einen kleinen Lachanfall kaum meistern, als der Butter-Wart laut, aber würdig fragte: »Sind beide Bedarfsträger anwesend?« Das Pajok war ein kleines Konglomerat von Zucker, Mehl, Butter, Wurst und anderen Begehrlichkeiten.

Noch heute lebt in mir die Erinnerung an den klugen und heiteren Martin Kessel, und sorgfältig verwahre ich seine feinen Bücher. Eines mit der Widmung: »Sonderbar wäre die Welt beschaffen, wenn sie nichts weiter wäre, als wofür ein jeder sie hält. Dem Bedarfsträger Kusche mit herzlichen Grüßen vom Bedarfsträger Kessel.« Das war 1948.

Neulich kriegte ich eine Spritze gegen Zeckenbisse. Im amtlichen Impfzeugnis wurde ich zum »Impfling« ernannt.

Wer weiß, was aus einem ollen Bedarfsträger noch alles werden kann! Also: Abwarten und Eterni-Tee trinken.

2008